KATHRIN WESSLING
MORGEN IST ES VORBEI

KATHRIN WESSLING

MORGEN IST ES VORBEI

Stories

Luchterhand

Die beiden Mottozitate stammen aus dem Song
»Ten Headed Beast« (Musik und Text: Philipp Milner, Eva Milner
© Edition Ten Headed Beast, mit freundlicher Genehmigung von
Sony/ATV Music Publishing (Germany) GmbH) und dem Buch
»Aus der nahen Ferne« von Rebecca Solnit,
übersetzt von Julia Franck, Hoffmann und Campe.

Verlagsgruppe Random House FSC® N001967
Das für dieses Buch verwendete FSC®-zertifizierte Papier
Super Snowbright liefert Hellefoss AS, Hokksund, Norwegen.

1. Auflage

www.luchterhand-literaturverlag.de
http://www.facebook.com/luchterhandverlag
http://twitter.com/luchterhandlit

Inhalt

»I can feel everything and
Your truth, it is leading my steps for now«
Hundreds, Ten Headed Beast

»Schreiben bedeutet niemandem und allen das zu sagen,
was man einem Jemand nicht sagen kann.«
Rebecca Solnit, Aus der nahen Ferne

Immer noch ja

Sie sagen, es wird irgendwann leichter. Irgendwann vergisst du, sagen sie, daran zu denken. Dann ist es vorbei. Ich schaue ein bisschen irritiert, weil ich doch gar nicht will, dass es vorbei ist. Ich will, dass es nicht aufhört, ich war doch der, der nachts bei dir geklingelt hat, um zu sagen: Bitte geh nicht. So schlicht wird man nämlich in seinen Gefühlen, so heruntergebrochen und einfach. Man sagt nichts Großes mehr, zitiert niemanden und es ist auch nichts Poetisches in all den verzweifelt gestammelten Worten, die einem aus den Fingern und dem Mund fallen, auf den Boden zwischen dem anderen und dir, weil da plötzlich so viel Raum zwischen euch ist, dass da überhaupt etwas hinpasst, wo vorher kein Zentimeter Platz war.

Und dann stehst du plötzlich da und begreifst: Ich bin jetzt alleine. Ich bin kein Teil mehr von zweien, ich bin nicht mehr jeden Samstagabend mit der Couch und einem Film und dem anderen verabredet, ich bin nicht mehr verliebt, vergeben, verlobt, verheiratet, ich bin nicht mehr längst in einem sicheren Hafen, angekommen, in Ketten und in Liebe, in Ewigkeit, Amen. Ich bin nicht mehr zugehörig und unerhört sicher, so verdammt verliebt und geliebt, Teil einer WG, die eigentlich eine Lebensgemeinschaft ist, ich bin nicht mehr Freund oder Freundin, nicht mehr Partner von irgendwem, nicht mehr bei Facebook »In einer Beziehung«, nicht mehr »Dein Interesse ehrt mich, aber ich habe eine Freundin«, nicht mehr »Mein Freund kommt gleich vorbei und wir machen uns einen gemütlichen Abend«, nicht mehr aufgehoben, beschützt und umsorgt, nicht mehr Umarmung die ganze Nacht, nicht mehr »Du kannst mich immer anrufen, ich bin da«, nicht mehr dein Bärchen und auch nicht dein Schatz. Ich bin nicht mehr als Erinnerung, ich bin jetzt alleine, alleine, alleine und ich bin »Ich kann jetzt machen, was ich will.« Bloß will ich eigentlich gar nichts außer dich.

Natürlich geht es weiter, das Leben. Das sagen sie alle, weil es die einzige Wahrheit ist, die immer stimmt. Alles geht weiter, du atmest noch, du lebst noch, du und dein gebrochenes Herz, ihr quält euch morgens aus dem Bett und nachts mit unruhigen Träumen, ihr trinkt noch den gleichen Kaffee, ihr geht noch »unter Menschen«, zum Friseur und in eine Bar, ihr kauft noch Lebensmittel und eine Fahrkarte, während ihr in Gedanken den ganzen Bahnsteig vollblutet, weil es wehtut, wehtut, wehtut.

Plötzlich ist die ganze Stadt ein Museum: Hier waren wir das erste Mal aus, hier haben wir uns das erste Mal gesehen, hier haben wir uns geküsst und dort und dort und da vorne auch. Hier habe ich dir gesagt, dass ich dich liebe, habe es in den Telefonhörer gebrüllt, damit du es auch ja verstehst, weil du es damals ja nicht verstehen wolltest, woran sich im Grunde überhaupt nichts geändert hat. Hier waren wir essen, da waren wir im Theater, im Kino, in dieser Bar, in dieser anderen Bar, in diesem Club und in der Ausstellung, die keinem von uns gefallen hat. An dieser Straßenecke war ich der traurigste Mensch der Welt und an dieser habe ich wegen dir in den Hörer geheult und mich furchtbar dafür geschämt.

Die ganze Stadt hängt voller Bilder und Momentaufnahmen, und du läufst sie Schritt für Schritt ab, in deinem ganz privaten Museum der Grausamkeiten, der Erinnerungslücken und Falltüren. Der ganz normale Wahnsinn eines Kopfes, der sich sekündlich erinnert an jedes Detail.

Du stellst fest: Nichts ist von dir übrig geblieben, das nicht durchdrungen wäre von Erinnerungen und Sehnsüchten, von dem Gefühl, dass nie wieder so etwas Großes kommt. Wie groß es wirklich war, hast du nicht begriffen, solange es noch da war, wie alle anderen verstehst du die Antworten immer erst, wenn keiner mehr danach fragt. Du bist jetzt alleine und ebenso kannst du dir jetzt selbst auch all die Fragen stellen, auf die niemand mehr reagiert außer deinem müden Kopf, der immerzu Jeopardy mit dir spielt. Die Frage ist immer die gleiche: Warum bist du nicht mehr da?

Vielleicht erzählst du jedem, was passiert ist. Vielleicht erzählst du es keinem. Vielleicht ertränkst du es in Schnaps und Lethargie; begräbst es unter Essen und Angst wie nie; betäubst es mit Sex und langen Nächten, mit Tanzen bis zum Verrecken, mit Rennen und Schweiß, mit Kontrolle und Schlaf. Vielleicht behältst du es für dich und schließt es in dir ein, sagst zu allem »nein« und wartest, bis es vorübergeht oder ob es am nächsten Morgen immer noch vor dir steht und dich anbrüllt, dass du es verloren hast, ganz egal, was du dagegen machst. Vielleicht erzählst du es deinen Freunden oder nur dem einen, deinem Pfarrer, deiner

Mutter, deinem Steuerberater, vielleicht erzählst du es dem Kopfkissen, das du dir auf den Mund presst, damit dich niemand schreien hört, wenn du es nicht mehr aushältst. Vielleicht schweigst du und lässt das Monster nicht raus, vielleicht erzählst du es jedem und lachst dich dann selber dafür aus. Aber egal, wie oft du darüber sprichst: Es ändert sich nichts.

Du starrst auf dein Telefon und beginnst die Tage zu zählen. Elf, seitdem es vorbei ist. Drei, seit deiner letzten verzweifelten Nachricht. Einer, seitdem du doch wieder eine Mail geschickt hast: Lass es mich erklären, bitte. Ich entschuldige mich für alles. Auch für das, was ich nicht verstanden habe. Ich entschuldige mich für jedes Wort, für alles, was du glaubst, das ich falsch gemacht habe. Ich entschuldige mich für jeden Satz, für die letzte E-Mail, ich habe es jetzt begriffen, ich habe alles verstanden, gib mir noch eine Chance, ich mache alles anders, ich werde so anders sein, dass ich gar nicht mehr ich selber bin, gib uns doch diese letzte Chance, Baby, ich entschuldige mich, ich entschuldige mich, ich entschuldige mich für mich und alles, was ich bin.

Was du bekommst: manchmal eine Antwort auf dein Geschrei. Eine Nachricht, dass ihr ja Freunde bleiben könnt. Du bist echt ein toller Kerl, wirklich, total. Du bist echt eine beeindruckende Frau. Vergiss das nicht, *Baby*. Aber jetzt, jetzt solltet ihr erst einmal Abstand halten. Das sagen sie so: Lass doch erst einmal ein bisschen Zeit vergehen. Du starrst dein Telefon an oder deinen Laptop und fragst dich, ob deine Zeitrechnung plötzlich eine andere ist. Denn die Tage dauern jetzt doppelt so lange und eine Minute besteht aus tausend Gefühlen und eine Woche ist jetzt ein Kraftakt aus Warten und Hoffen, Beben und Beten, aus Verzweiflung und Angst, und das bisschen Schnaps kann nicht löschen, was immerzu in dir brennt, sondern macht aus den Gedanken Stichflammen, die sich durch deinen Bauch brennen. Deine Synapsen schreien, dein Kopf schmerzt und alles, woran du denken kannst, ist: Das ist nicht echt, das passiert alles gar nicht, morgen wache ich auf und das hier hat ein Ende, ich werde wieder glücklich sein, glücklich und jemand, dem man sagt, dass er geliebt wird, und dann lasse ich mich in die Kissen zurückfallen und alles ist gut, es war nur ein schlimmer Traum, morgen ist es vorbei.

Aber es hört nicht auf und du willst dich abwerfen, abstreifen und loswerden, du willst, dass die *Men in Black* kommen und dich blitzdingsen, dass du einfach vergisst und wieder so alt bist wie an dem Tag, an dem ihr euch kennengelernt habt, bloß wirst du dieses Mal nicht in diese Bar gehen, nicht den Bus nehmen, nicht auf das Lächeln antworten. Du wirst dich einfach umdrehen und dich niemals verlieben und sowieso wirst du dich nie wieder verlieben, wenn das hier der Preis ist, den du bezahlen musst, dann verzichtest du, vielen Dank, aber nein, ich bin schon bedient worden, aber so was von.

Manchmal fragt dich jemand, wie es dir so geht, und du sagst sofort: ok. Denn mehr ist gerade nicht drin, mehr kann man ja wohl nicht erwarten. Dir geht es ok, auch, wenn eigentlich gar nichts ok ist und du nur darauf wartest, endlich nach Hause zu gehen, dir die Decke über den Kopf zu ziehen und laut zu schreien: Es ist gar nichts ok, gar nichts, verdammt, aber auch wirklich nichts. Trotzdem lächelst du, muss ja keiner wissen, wie schlimm es um dich steht, darf ja keiner ahnen, dass du die meiste Zeit gar keine Luft mehr bekommst, weil du nicht mehr weißt, wie man eigentlich atmet, wie man Luft bekommt, wenn man vergessen hat, wie sich Gehen ohne tausend Kilo Gepäck aus Vermissen und Vergessenmüssen anfühlt.

Du schleichst durch die Straßen und durch die Tage, du hast den Kopf gesenkt, so tief, dass er zu nah am Herzen ist. Und das sind dann die Momente, in denen du im Bus zu heulen anfängst, weil das nicht auszuhalten ist, wenn das Herz im Kopf sitzt und keiner was dagegen machen kann außer diese ominöse »Zeit«, von der alle immer reden, die dir aber leider gerade gar keine Hilfe ist, weil sie sich einfach über Nacht auf ihr Dreifaches ausgedehnt hat und so langsam ist, wie du es neuerdings bist.

Du trinkst und du gehst aus. Weil du deine »neue Freiheit« ja jetzt genießen sollst. In der Menge suchst du nach dem Gesicht, das du inzwischen ohnehin in jedem anderen wiedererkennst. Du siehst ständig Gespenster – einen Hinterkopf, der ihrer sein könnte, eine Brille, ein Lächeln, eine Geste, ein Fahrrad, das ihm gehören könnte. Und immer bleibt für einen winzigen Moment das wilde Herz stehen, immer irrst du dich, immer hast du nicht richtig hingesehen, dann senkst du deinen Kopf und atmest ein und atmest aus und weißt nicht mehr, was schlimmer wäre: wenn sie wirklich hier auftauchen würde, wenn er wirklich dort drüben an der Theke stünde – oder wenn nicht. Denn das ist jetzt das Paradox deines Lebens, der immerwährende

Schmerz: Du vermisst und du verreckst vor Sehnsucht, aber du willst ihn nicht sehen, du willst sie nicht anfassen, nicht treffen und auch nicht zufällig, wenn das bedeutet, dass sie nicht auf dich zugelaufen kommt und dich umarmt, dass er nicht seine Hand in deinen Nacken legt und leise sagt: Es ist schön, dich zu sehen. Dann verzichtest du lieber ganz darauf, dann bist du eigentlich froh, wenn du dich irrst.

Und trotzdem ist da dieses Sehnen und dieses Quälen, das Warten deiner Tage. Du glaubst noch immer, dass sie vielleicht zurückkommt oder dass er endlich anruft. Nichts davon passiert und mit den Stunden und den Tagen, den Wochen und den Monaten gibst du langsam das Hoffen auf. In den schlimmen Momenten schickst du eine Nachricht, die du am nächsten Tag bereust. In den schlimmen Momenten krümmst du dich noch manchmal zusammen und hältst es kaum aus. In den schlimmen Momenten schaust du dir noch mal die Bilder an und fragst dich, wann das nicht mehr wehtun wird. In den schlimmsten Momenten weißt du jetzt, dass es wirklich vorbei ist.

Die Zeit hat dir am Ende doch geholfen, auch wenn du weißt, dass ein Geruch, ein Moment, ein kleiner Augenblick ausreichen würde, damit die Bilder wiederkommen. Dass sie immer noch anrufen könnte, dass er immer noch vor der Tür stehen und fragen könnte: Kann ich zurückkommen? Und deine Antwort wäre noch immer: Ja.

Die Unendlichkeit des Jetzt

1

Samstag, 05:23h

Der Himmel über St. Pauli ist grau. Das ist er häufig, trotzdem kenne ich ihn bloß, wenn er schwarz ist. Schwarz und ohne Sterne, weil hier die Straßen so hell sind, dass man wenn man zum Himmel blickt, immer nur Variationen von Schwarz erkennt. Eigentlich ist das schön, weil Schwarz gar keine Farbe ist, sondern alle Farben. Natürlich ist das bloß einer dieser kitschigen Gedanken, mit denen man rettet, was regelmäßig nicht mehr zu retten ist: Himmel voller Lichtsmog; dass am Ende meistens nicht »alles« gut wird, sondern höchstens ein Drittel; diese Nacht.

Neben mir erbricht sich Micha seit einer halben Stunde, während Miriam beruhigend auf ihn einredet. Immer wieder würgt er, bis nur noch Galle auf den Asphalt tropft und er seinen Kopf zurück auf seine Knie sinken lässt. Miriam liebt Micha schon seit drei Jahren. Deshalb sitzt sie jetzt auch hier, die Kotze vor sich, ein Herz in sich, das einen Jungen will, der gar nichts will, außer endlich zu schlafen.

5:23h. St. Pauli ist noch wach und ich unendlich müde. Ich drehe mich weg von dem Gestank, lehne mich an die Hauswand, schließe die Augen und versuche auszurechnen, wie viele Tage ich schon lebe.

17

2
Samstag, ab 00:01h

Eine Liste der Anrufe und Nachrichten ab 00:00h (Auswahl):

Marlene:
Annnnnnnnnnaaaa! Du hast Geburtstag! Und ich wäre so gerne bei dir, Baby. Ich hoffe, du bist unfassbar betrunken und jemand knutscht dich in genau diesem Moment. Ich denke sooooo sehr an dich, Anna! *Es folgen Schmatzgeräusche, die wohl in den Hörer geworfene Küsse sind. Ein Lachen.*
(00:01h, Mailbox)

Mama:
27, meine Güte, so alt bist du schon. Das meine ich natürlich jetzt nicht so, wie du es bestimmt wieder verstehst. Das ist ein tolles Alter! Geh ran, Anna, ich würde so gerne persönlich mit dir sprechen. Ich versuche es morgen früh noch mal, ja? Feier schön, deine Mama denkt an dich.
(00:01h, Mailbox)

Lars:
Geil, geil, geil, Geburtstagsanna! Ich wünsche dir alles Glück dieser beschissenen Welt, auf dass es Männerherzen und Kuchen auf dich regnet, du steiles Gerät.
(00:17h, WhatsApp)

Keine Nachricht:
Johannes

3

Freitag, 19:59h

Vor dem Spiegel stehen, die Haare föhnen, Make-up, Rouge, Lidstrich, Wimperntusche, Augenbrauenstift, Lippenstift, Puder, das Kleid anziehen, die Strumpfhose, die dünne schwarze Jacke, die hohen Schuhe, die Haare zusammenbinden, mein Gesicht im Spiegel, im Hintergrund: Bücher, Zeitungen, Kleider, die achtlos auf den Boden geworfen wurden (von mir), Aschenbecher mit ausgedrückten und halbgerauchten Zigaretten (von Miriam und mir), ein nicht gemachtes Bett (von mir), ein hastig aufgerissener Brief (von Johannes), darin:

Ich habe jeden Tag an dich gedacht. Ich hoffe, es geht dir gut. J.

4

Freitag, 21:32h

Natürlich fragen sie. Fragen: Wie geht es dir? Fragen: Wie lange hast du schon nicht mehr mit ihm gesprochen? Fragen: Bist du nicht langsam darüber hinweg? Natürlich, sage ich. Natürlich geht es mir gut, schon sehr lange, ja. Dabei lächle ich, dabei reiße ich die Augen auf, zwinge mich, ihren Blicken standzuhalten. Das wird schon, so schlimm ist es nicht, das Leben geht weiter, am Ende ergibt alles immer einen Sinn, ja ja, ich weiß, ich gehe mal kurz auf die Toilette, entschuldigt mich. Ich lehne meine Stirn an die Fliesen oder an die Tür der Kabine und versuche, das wilde Meer in mir zu beruhigen. Atmen, Anna, immer atmen. Nicht schwim-

19

men gehen, nicht am Anker festklammern oder an der Boje, nicht untergehen, nicht eintauchen in den Schwindel und in die Atemnot, nicht nachgeben, bis es vorbei ist.

Manchmal dauert es ein paar Minuten, manchmal auch zwanzig. Nie länger als eine halbe Stunde, es wird nie so laut, dass jemand mein Schluchzen hören könnte. Die Trauer beeilt sich mittlerweile, ich habe sie gezähmt und erzogen, ich habe ihr beigebracht, sich nicht langsam anzuschleichen, um dann Tage oder Wochen zu bleiben, sondern mit Gewalt zu kommen, schnell, heftig und ziemlich überwältigend, wie ein Krampf, wie eine Naturgewalt, die über mich hinwegzieht. Ich kann sie umklammern und im Zaum halten, ich kann dafür sorgen, dass sie mich nicht ganz ausfüllt, sondern bloß die Ecken und Löcher flutet, bloß jene Gebiete, in die ich mich bei Tageslicht und nüchtern nicht mehr hineintraue. Diese Gebiete liegen zwischen den Erinnerungen und sind aus Schwarz, sind aus Sprachlosigkeit und dumpfem Kopfschmerz.

Ich lehne meinen Kopf an die Scheibe der U-Bahn, die mich nach St. Pauli fährt. Dort warten sie schon auf mich, in der Bar mit dem schönen Namen, der nach Kaugummi und Himmel klingt. Sie werden alle da sein, weil sie nicht mehr meine Freunde, sondern meine Beobachter geworden sind. Doppelagenten, die sich gegenseitig über meinen Zustand informieren. Sie wissen nicht, dass ich es weiß, dass ich von ihren Gesprächen weiß, die sie wöchentlich miteinander führen, in denen sein Name und meiner einander abwechseln – meiner besorgt, seiner wütend ausgesprochen. Sie sprechen über diese eine Nacht, über mich, über ihn, am Ende über sich, weil das ja auch deprimierend ist, so eine hoffnungslose

Angelegenheit, in der die eine immer heult und der andere immer schweigt. Da muss man sich sorgen, da muss man mal nachfragen, da muss man sich aber auch ablenken, denn das ist Krieg, und der findet nicht im eigenen Land statt, und ohnehin ist das Feld längst geräumt, die Truppen abgezogen und das umkämpfte Gebiet eine Stadt in Trümmern.

5
Freitag, 23:32h

Alles ist versaut von dir: Dieser Club, die Straße, in der er liegt, alle Menschen darin, die ganze Stadt, alles versaut von dir und den Erinnerungen an dich. Hier haben wir getanzt und hier haben wir uns geküsst, hier hast du deine Hand unter meinen Rock geschoben, und als ich dich ein wenig ablehnte und in die Kuhle deines Halses flüsterte, dass alle sehen können, dass dein Finger gerade dabei ist, in mich einzudringen, da hast du gelächelt und geflüstert: Ich muss jetzt in dir sein, irgendwas von mir muss in dir sein, sonst verliere ich den Halt.

6
Freitag, 23:51h

Dinge, die du mir beigebracht hast:

Wieder zu essen
  Wieder schlafen zu können
  Wieder zu lesen

Wieder zu weinen

Atmen und Luft anhalten gleichzeitig

So sehr zu brennen, dass danach nur Asche und Staub bleiben nur eine Stadt voller Trümmer, ein Herz wie eine Mördergrube, ein Bauch voller Angst, ein Kopf, der nicht mehr richtig funktioniert, Augen, die Gespenster sehen, eine Erschöpfung, die so maßlos wie unerträglich ist, ein Jahr im Koma, zwölf Monate, in denen dein Gesicht in jedem anderen war, deine Stimme wie ein Film, der immer läuft, aus dem Off deine Regie-Anweisungen: Vergiss mich nicht, Anna, vergiss uns nicht, vergiss nicht, wie sehr du lieben kannst, wie sehr du brennen kannst, wie schön du bist, vergiss das nicht, Anna, vergiss es nicht.

Es wird niemals alles gut, sondern höchstens ein Drittel.

Freitag, 23:52h

»Noch zehn Minuten«, sagt Micha und reicht mir ein Glas Irgendwas. Es ist mir egal, ich trinke, was man mir reicht, ich nehme, was ich kriegen kann, wir stoßen an, auf die Liebe und auf die Wahrheit und lachen dabei ein bisschen zynisch, stellen die Gläser wieder auf die Theke – und wischen uns die Münder ab, zünden Zigaretten an, vielleicht sind wir doch Freunde, vielleicht ist um mich gerade mehr Liebe als ich ertragen kann, vielleicht will ich lieber alleine sein und vielleicht auch nicht, warum reicht es einfach nicht, warum reichen alle Freunde der Welt nicht, wenn du keiner von ihnen bist, warum sitzen acht Menschen neben mir und um mich, lachen, trinken und unterhalten sich, warum bist du nicht da, warum bist du nicht da, warum bist du nicht da?

Wir zählen irgendwann Sekunden, 10, 9, 8, es ist mir egal, 7, 6, 5, mir wird übel, 4, 3, 2, ich will weg, ich muss hier fort, ich muss, 1, zu dir, zu dir, zu dir.

7

Irgendwann im Dezember

Das Messer ist so scharf, dass ich den Schnitt kaum spüre. Es dauert nicht einmal den Bruchteil einer Sekunde und das Blut fließ schon aus meinem Fuß. Du sagst: Halt einen Finger darauf. Du sagst: Ich beeile mich, Moment. Du drückst deine Hand auf meinen Fuß und siehst mich ruhig an. Du sagst: Jetzt sind wir Blutsgeschwister. Du lachst und küsst mich. Du drückst mich auf dein Bett, küsst mich stürmischer, brutaler, du zerrst mit deiner blutigen Hand mein Höschen runter, flüsterst: Ich werde dich heiraten, Anna, ich werde Kinder mit dir haben, ich werde dich nicht verlassen. Ich weine in deine Worte hinein, ob aus Rührung oder aus Trauer, aus Angst oder aus Liebe ist doch egal, ich weine, und meine Tränen mischen sich mit dem Blut an deiner Hand, die mein Gesicht streichelt, und als du kommst, sagst du meinen Namen, immer wieder: Anna, Anna, Anna, Anna, Anna, Anna.

Später liegen wir auf der Matratze und halten uns an den Händen und ich betrachte meinen Fuß, an dem das Blut längst getrocknet ist, und denke: Natürlich habe ich den Fuß und du die Hand gewählt. Ich kann nicht mehr von dir fortlaufen und du kannst nicht mehr nach fremden Gesichtern und Haaren greifen, sollst dich nicht mehr sehnen nach all den Mädchen, an denen nichts besser oder schöner, nichts mehr als an mir ist, nur das Eine: Sie sind nicht ich.

8

Samstag, 01:11h

Mein Tanzen ist ein Schreien, ich tanze, bis ich keine Luft mehr bekomme, ich trinke, bis ich nicht mehr denken muss, ich drehe mich im Kreis, bis alles verschwimmt, im Kopf immer nur deinen scheiß Namen, im Kopf immer nur deine scheiß Visage, deine scheiß Hände, deine scheiß Angst, deine scheiß letzte Nachricht. Ich tanze und ich denke an nichts mehr außer an dich, ich denke daran, wie oft du hier bist, dass wir uns abwechseln: Ich weiß von den Tagen, an denen du hierherkommst und meide sie, komme bloß an diesen Ort, wenn ich mir sicher bin, dich dort nicht zu finden. Wir begegnen uns nie zufällig, wir leben in der gleichen Stadt und laufen uns doch nie über den Weg und ich fahre jeden Tag an der Kreuzung vorbei, von der aus es zu dir nur zwei Minuten sind, ich hasse diese scheiß Kreuzung, ich hasse dich, ich hasse dich, ich hasse dich so sehr.

9

Irgendwann im Januar

Sechs Packungen. Badezimmerboden, Übelkeit, Schlaf, endlich Schlaf, mir egal, alles so egal, deine Stimme immer noch da, immer da, immer wieder: Anna, Anna, Anna, wie sehr ich dich mag, ich werde nicht gehen, ich will nicht, ich kann nicht, geh, Anna, geh endlich, ich ertrage es nicht mehr, es ist vorbei, Anna, kapierst du das nicht, Mädchen?, das ist die Mailbox von Johannes, bitte hinterlassen Sie keine Nachricht.

Zwei Minuten Atemstillstand. Zwei Ärzte, drei Schwestern, ein Satz (Das ist gerade noch mal gutgegangen), ein Blick (meiner Mutter), eine Hand (Miriams), eine Nachricht (*Ich glaube nicht, dass ich oder irgendjemand anders dir noch helfen kann. Johannes*), ein kaltes Bett in einem kargen Raum (Psychiatrie des Krankenhauses, Erdgeschoss, geschlossene Abteilung, geschlossene Gesellschaft, warten auf …).

10
Samstag, 06:40h

Miriam streichelt sacht Michas Kopf. Ich glaube, dass er eingeschlafen ist. Ihr Blick sucht meinen und sie lächelt. Lächelt das Lächeln eines Menschen, der eben nicht anders kann. This is love, this is love. Scheiß auf Biochemie, scheiß auf alle Zweifel dieser Welt: Das ist eben Liebe. Und die ist immer genau jetzt.

Häng dich auf

Alles begann mit der Wäsche, die sie für dich aufgehängt hat. Hätte sie doch bloß niemals die Wäsche aufgehängt. Dann hättest du niemals deine Meinung über sie geändert und alles wäre so geblieben, wie es war. Und schön war es nicht. Es war nicht gut, nicht leicht – es war anstrengend und zermürbend und es war die furchtbarste Zeit deines Lebens. Abgesehen natürlich von der, die dann kam.

Die Wäsche hing ganz still auf dem Ständer, sortiert aufgereiht, deine Bettlaken und deine Unterwäsche, alles in Reih und Glied und so ordentlich, wie du sie niemals aufgehängt hättest. Du gingst direkt in dein Schlafzimmer, um zu schauen, ob sie noch da war. Natürlich wusstest du, dass sie nicht mehr dort liegen würde, so schön und nackt wie am Morgen, als du eilig die Wohnung verlassen hattest. Natürlich wusstest du das. Aber du standest in der Schlafzimmertür und sahst auf das gemachte Bett (auch das hatte sie für dich getan) und auf das geöffnete Fenster und für einen Moment spürtest du ihre Anwesenheit noch, für einen Augenblick sahst du dich dort noch liegen, dich und sie, ein Menschenknäuel, das die Augen kaum öffnen kann, weil die Nacht zu kurz war und der Morgen zu schnell da, weil die Wärme euch noch in den Armen und Beinen steckte und in den Köpfen, die ihr dicht beieinandergehalten hattet.

Du sahst euch, wie ihr am Abend zuvor nebeneinander, ineinander eingeschlafen wart, ihre Hand um deine Wangen, als hielte sie sich fest an dir, und deine Hand an ihrem Hinterkopf, versteckt in ihren Haaren. Du hast ihrem Atem zugehört, den Zuckungen ihres Körpers, ihrem Herzschlag, du hast ihr zugehört und der Ruhe ihres Schlafes, bis du schließlich selber eingeschlafen bist.

Und du weißt noch, dass du dachtest, dass das alles gar nicht wahr sein kann. Dass das alles ausgedacht ist, dass es nicht echt ist, dass ihr nicht echt seid, nicht wirklich da sein könnt, weil ihr zu plötzlich da wart, zu plötzlich beieinander, um zu begreifen. Du dachtest, dass du nicht weißt, was du fühlst. Du dachtest, dass du jetzt, jetzt in diesem Augenblick überhaupt nirgendwo lieber sein möchtest. Du dachtest, dass das alles das Verrückteste ist, das du je getan hattest. Weil du etwas fühltest. Und du fühltest doch eigentlich gar nichts mehr. Du warst doch abgeschaltet und bereit, auch so zu bleiben. Du warst doch eigentlich gar nicht mehr da. Und doch: Da lag sie neben dir und ihre Hand an deinem Gesicht und ihr Schlaf in deinem Bett.

Du gingst in das Wohnzimmer, in dem schon alle Kartons gepackt standen und bloß noch darauf warteten, abgeholt zu werden. Die Kartons standen sehr lange dort. Sie hatte sie gesehen, aber sonst niemand, damit keiner feststellen konnte, dass ein ganzes Leben in ein paar Umzugskartons passte. Dass eine Liebe mal so endet. Dass man sie verpacken und einwickeln kann, dass man sie verstaut und dann den Karton schließt und dann kommt ein Umzugsunternehmen und nimmt alles mit und das war es dann. Sieben Jahre

(Liebe, Dreck, die Staubflusen, die du so ekelhaft findest, seit du weißt, woraus sie bestehen) in dreißig Kartons. So etwas passiert und so etwas war dir passiert und du konntest es noch immer nicht fassen, dass du es nicht fassen konntest, dass das geschah. Denn das passierte doch jeden Tag: Menschen trennten sich und dann musste alles aufgeteilt werden, einer nimmt die Gabeln und der andere die Messer, einer nimmt das Sofa und der andere die Erinnerungen, einer nimmt sich mit und der andere nimmt sich zusammen, bis es aufhört zu bluten. Das passierte doch jeden Tag. Oder?

Dass Sarah und du euch getrennt hattet, war so profan wie schmerzhaft gewesen. Sieben lange Jahre hattet ihr geglaubt, dass ihr euch niemals verlassen würdet. Dass ihr jetzt angekommen und abgesichert seid, doppelter Boden und Langeweile, Alltag und alle Nächte das gleiche atmende Wesen neben euch. Dann war es vorbei: ein Gespräch, ein Nicken an der richtigen Stelle, ein Zustimmen zur Trennung und schon war sie weg, bei einer Freundin oder in einem Hotel, du wusstest es nicht einmal. Irgendwann hatte sie ihre Kartons gepackt und einen Zettel hinterlassen: »Konrad, ich hole alles in den nächsten Wochen ab. Gib mir noch etwas Zeit, bis ich eine neue Wohnung gefunden habe. Ich bin so lange bei einem Freund. Sarah.«

Das Mädchen war der einzige Mensch seitdem gewesen, bei dem du nicht eilig die Tür geschlossen hattest. Denn du wolltest, dass sie sehen kann, wie schnell so etwas geht. Du wolltest, dass sie versteht, dass manche Dinge zwar hinter dir liegen können, aber trotzdem noch da sind. Verpackt, versiegelt, weggesperrt, aber noch da und gefüllt mit Gedanken und

Wünschen, mit Träumen und Eitelkeiten, mit Worten und nicht gemachten Gesten, mit der unterlassenen Hilfeleistung, die jedem Ende vorausgeht: dem großen, lähmenden Schweigen am Frühstückstisch, am Abendbrottisch, in den Nächten und am Telefon. Diese Dinge gehen nicht einfach so. Diese Dinge bleiben in Kartons, die man in den Keller stellt oder auf den Dachboden, und da stehen sie dann herum und infizieren dich, infizieren jeden Gedanken, jede Geste, jeden Atemzug und du kannst rennen wie so ein Idiot, du kannst saufen und tanzen und vögeln und fressen und kotzen und heulen und schreien, aber die verdammten Kartons bleiben für immer.

Das ist der Preis, von dem vorher immer keiner etwas wissen will, den sie alle ausblenden, wenn sie sich zum ersten Mal treffen und zum ersten Mal lieben und zum ersten Mal zusammenziehen und sich Vorstellungen machen und Pläne und all dieses Zeug. Das ist der Preis für die Liebe und den Verlust, für das Kämpfen und das Hoffen, für das Warten und das Zehren. Und am Ende versteckt man dann dreißig Kartons. Vor den anderen und am liebsten auch vor sich selber. Aber das geht natürlich nicht. Das schafft man einfach nicht. Dafür sind es zu viele und dafür sind sie zu groß und zu schwer, zu breit und zu voll von all diesen Dingen. Man kann nur darauf warten, dass sie endlich einer abholt.

Du wolltest die Tür zum Wohnzimmer schließen und da sahst du, was sie getan hatte. Im Grunde hatte das nicht viel zu bedeuten. Die Wäsche von jemandem aufzuhängen, mit dem man schläft, ist nicht ganz so besonders. Es ist eine nette Geste, eine gut gemeinte Tat. Aber für dich war das der Anfang von allem. Denn mitten in diesem Museum deiner letzten sieben Jahre hatte das Mädchen einen Anfang hingestellt, der aussah wie eine Wäscheleine und auch eine war, bloß bedeutete es so viel mehr. Denn in diesem Moment hast du verstanden, dass sie sich um dich sorgte. Dass sie wollte, dass es dir gut geht, dass du es schön hast, wenn du nach Hause kommst, dass da etwas ist, das sagt: Guck mal, es muss nicht alles ganz so scheiße sein, manchmal kann es auch für einen Augenblick wirklich in Ordnung sein.

Am Abend hattest du ihr gesagt, dass du die Wäsche schon wieder in der Maschine vergessen hattest und sie hat gelacht. Bestimmt hat sie geantwortet, dass du so einiges vergisst. Du kannst dich nicht daran erinnern, aber das würde zu ihr passen. Sie hat dich festgestellt in Definitionen, die sie sich für dich ausgedacht hatte. In ihren Augen warst du immer irgendwas, nur nicht du. Dass das so ist, hast du viel später entdeckt als deine Gefühle für sie, und das war vielleicht der größte Fehler von allen, aber zunächst hast du vor der Wäscheleine gestanden und dich einen Moment gefragt, ob du dich vor ihr schämen müsstest ob deiner Vergesslichkeit, ob deiner Unterwäsche, ob der Laken, die eigentlich Sarah gehörten – bloß konnte sie das natürlich nicht wissen. Du fragtest dich, ob sie sie auch aufgehängt hätte, hätte sie das gewusst. Mittlerweile weißt du, dass sie das natürlich getan hätte, denn sie markierte ihr Revier in deiner Wohnung, machte nach und nach alles zu ihrem Besitz – erst das Bett, dann das Essen im Kühlschrank und am Ende dich. Und mit der Wäsche hattte sie angefangen, mit der verdammten Wäsche.

Natürlich warst du gerührt. Natürlich strichst du über die Wäsche und stelltest dir vor, wie sie durch die Wohnung getapst war, auf nackten Füßen und noch ganz müde. Wie sie den Kaffee gesucht und dann die volle Waschmaschine gesehen hat. Wie sie sich daran erinnerte, dass du heute und wie üblich nicht vor Einbruch der Nacht nach Hause kommen würdest. Natürlich wusste sie, dass das eine nette Geste wäre und dass du dich vermutlich darüber freuen würdest, weil du vor lauter Arbeit kaum noch dazu kamst, auch nur den Abwasch zu erledigen. Natürlich wusste sie das alles und selbstverständlich auch, dass du sie danach nicht mehr einfach so wieder gehen lassen könntest. Denn von nun an wart ihr mehr als ein Du und ein Ich, die durch bloßen Zufall aufeinandergetroffen waren. Sie hatte offensichtlich beschlossen, zu bleiben und sich auch, sogar, wirklich um dich zu kümmern.

Du wolltest nicht bekümmert werden, du wolltest nicht umsorgt, bekocht, beputzt und gedrückt werden, als seist du nicht in der Lage, dich um einen Haushalt zu kümmern (warst du nicht), dich um dich zu sorgen (warst du nicht), regelmäßig zu essen (nie), zu schlafen (selten), zu trinken (zwei Schnaps, drei Bier).

Hätte sie doch bloß nie das Bett gemacht, die Weingläser in die Küche gestellt, wäre sie bloß niemals am Abend wieder zu dir gekommen, hätte leise gelächelt, als sie dein verlegenes Lachen gehört hat, während du von der Unterwäsche sprachst. Hätte sie doch nichts von all dem getan. Du wärst leer und kalt und taub geblieben, du wärst ganz außer dir und nicht ständig hinter ihr her gewesen, du hättest dich niemals so zum Idioten gemacht, du hättest dich niemals in sie verliebt, in die grausame, schöne Frau.

Wilde Wesen

122 373-mal. So oft ist »Wilde Wesen« verkauft worden. 122 373 Menschen haben gelesen, was du über sie geschrieben hast. Du warst in Talkshows, im Radio und in den großen Zeitungen. Du hast Interviews gegeben. Du hast darüber gesprochen, wie es ist, den wichtigsten Menschen der Welt zu verlieren. Immer und immer wieder. Du hast Vergleiche angestellt. »Das ist, als ob einem der Arm abgetrennt würde«, zum Beispiel. Der Journalist hat dann verständnisvoll genickt. Und du hast gedacht: Das ist nicht, als würde einem der Arm abgehackt, das ist, als würde einem erst der Kopf, dann das Herz abgetrennt, als würde man danach ausgeweidet und vor einen Laster geworfen, dann verbrannt und verstreut, und dann das Ganze noch mal von vorne. Natürlich ist das übertrieben, aber trotzdem nah an der Wahrheit. Sie hat ein Stück blutendes, zerfetztes Fleisch aus dir gemacht. Unfähig, auch nur einen Satz zu sagen, in dem sie nicht vorkommt.

Als das Buch erschien, hast du eine Woche lang das Haus nicht verlassen und dein Telefon angestarrt. Natürlich hat es unablässig geklingelt. Der Agent, der Verleger, die Presse. Du hast keinen Anruf angenommen, denn du hast auf etwas so viel Wichtigeres gewartet.

In den ersten Tagen warst du voller Hoffnung. Du warst

dir sicher, dass sie sich melden würde. Dass sie anrufen und sagen würde: Max, ich habe das Buch gelesen und ich glaube, dass noch nie jemand etwas so Wundervolles über mich geschrieben hat – ich habe schon alles gepackt, in 10 Minuten bin ich bei dir.

Das war natürlich äußerst unrealistisch, denn »Wilde Wesen« war keine bloße Liebeserklärung, sondern auch eine wüste Beschimpfung, ein Jammern und ein Zetern, ein beinahe lächerliches Stück Literatur, das mehr einem Tagebuch glich, dessen Seiten vollgeweint und vollgesaut sind mit »Ich hasse dich, ich liebe dich, ich hasse dich aber noch mehr, komm zurück, bleib doch weg, fick dich, fick dich!, ich vermisse dich so sehr, wann rufst du an, ich zünde dein Haus an, ich bringe mich um, nein, ich bringe dich um, auf Nimmerwiedersehen, komm doch endlich zurück«.

Du warst dir in den ersten drei Tagen trotzdem so sicher gewesen, dass sie sich melden würde. Am vierten Tag wurdest du traurig. Am fünften betrankst du dich und versuchtest, das Manuskript in der Badewanne zu verbrennen, was nicht funktionierte, weil du das Zippo fallen ließt und der Badezimmerteppich Feuer fing und du, nachdem alles gelöscht war, schließlich heulend auf dem Boden lagst, das Gesicht im nassen Teppich, der furchtbar stank, ihren Namen rufend – wie so ein Vollidiot. Am sechsten Tag wurdest du wütend auf sie. Du hattest am Morgen die Nachricht von deinem Agenten bekommen, dass »Wilde Wesen« am nächsten Tag in die Bestsellerlisten einsteigen würde. Mit der dringenden Bitte um Rückruf. Ruf doch an, Max, jetzt ruf zurück, wir alle feiern hier schon, und wo bist du? Max. Max. Max.

Max war damit beschäftigt, das Bett, in dem ihr geschlafen hattet, mit einem Hammer zu zerschlagen. Max zertrümmerte das ganze Bett und danach noch den Nachtschrank, den sie ausgesucht hatte. Max wollte nicht feiern. Max wollte nur noch kaputt hauen.

Am siebten Tag schließlich verließt du deine Wohnung. Der Alkohol war dir ausgegangen und das Toastbrot verschimmelt. Du wusstest nicht, wie lange du schon nichts mehr gegessen hattest, schätztest aber, dass das letzte Mal so lange zurücklag, dass du bald in deiner Wohnung kollabieren würdest. Die Vorstellung hatte dir gefallen: Bestseller-Autor kurz nach Erscheinen seines herzzerreißenden Romans tot in seiner Wohnung aufgefunden. Sie hätten ihr die Schuld gegeben, sie hätte an deinem Grab gestanden und bereut. Mehr wolltest du nicht: Du wolltest, dass sie bereut. Dass sie kaum noch Luft bekommt vor Reue und Scham. Nimm das, Martha.

Auf dem Weg zum Supermarkt musstest du an dem Buchladen vorbei, in dem ihr euch die Bücher gekauft hattet, die ihr euch nachts, wenn ihr nicht schlafen konntet, vorgelesen habt. In der Auslage stand »Wilde Wesen«. Ungefähr zehnmal. Daneben ein Plakat mit deinem Gesicht darauf. Dreitagebart, Augenringe, Zigarette in der Hand. Die Bilder hatten sie drei Wochen nach deiner letzten Nachricht geschossen. Eine junge, ambitionierte Fotografin, der verregnete Park und du. »Würden Sie vielleicht einmal für mich lächeln, nur ein einziges Mal, Herr Tremper?«, hatte sie gefragt. Du hast sie gehasst.

Du bliebst vor dem Schaufenster stehen und betrachtetest dich, die Bücher und dein Gesicht, das du doppelt sahst: auf den Plakaten und als Reflexion in der Scheibe. Und dann kamen die Tränen. Erst eine, dann mehr, dann tausend, und du knietest dich vor die Scheibe und heultest. Weil alles nichts gebracht hatte. All die Briefe, die du ihr geschrieben hattest, nicht. All die E-Mails, die Kurznachrichten, die WhatsApp-Nachrichten, die Facebook-Nachrichten – alles nichts gebracht. Du hast ihr mindestens vierzig Seiten Text geschickt. Über sie, über dich, über euch, über die Nächte und die Tage, über die Bars und die Clubs, über ihren Hals und ihre Hüftknochen, darüber, dass über die Liebe zu schreiben immer irgendwie jämmerlich klingt (zitieren Sie das!), über die Angst, über das Wir, über die Schlaflosigkeit und den Schnaps, über ihre Augen, ihr Lachen, ihre zitternden Hände, ihre letzten Worte, ihr Kommen, ihr Weggehen, dein Verlust. Du hast ihr alles aufgeschrieben und es später relativiert, du hast ein gottverdammtes Buch über sie geschrieben. Und noch immer: Schweigen. Ihr Schweigen, das sie dir wie Schmirgelpapier über's Herz zieht. Ihr Schweigen, das dich zu dem müden Reh macht, das vor den Scheinwerfern ihrer Wortlosigkeit erstarrt ist. Solche Dinge denkst du nämlich, seit sie weg ist: kitschigen Mist mit Rehen und Scheinwerfern und verpassten Möglichkeiten.

Ihr saßt noch eine ganze Weile vor dem Schaufenster, du und deine dramatischen Gedanken. Du musstest zugeben, dass du es nicht fassen konntest, dass die Menschen »Wilde Wesen« liebten und *sie* dich nicht mehr. Das eine hatte mit dem anderen nichts zu tun, aber du wünschtest dir in diesem Moment, dass jemand (sie) so ein Buch (das Buch) für dich (dich!) geschrieben hätte. Du wärest sofort zu ihr zurückgekehrt. Du wärest aber auch gar nicht erst gegangen.

Du hast auch diesen Tag überlebt, so, wie du all die Tage davor und all die Nächte danach überlebt hast. Du gabst endlich die Interviews, die du deinem Verlag versprochen hattest. Jeden Tag zwei. Vier Wochen lang. Sagen Sie, Herr Tremper, wie ist das, wenn die ganze Welt ihre intimsten Gedanken über diese Frau liest? Sagen Sie, wie heißt das ominöse Wesen denn nun wirklich? Würden Sie sich als Sprachrohr einer Generation von Männern sehen, die wieder zur Monogamie zurückkehren wollen? Würden Sie zustimmen, dass die Liebe heutzutage nur noch das jämmerliche Abziehbild einer medialen Landschaft ist, die Konsum mit Zuneigung verwechselt? Würden Sie mal für uns in die Kamera lächeln? Ja, so ist es gut, Herr Tremper, sehr, sehr gut.

Liebeskummer ist ein Bumerang. Aus Stacheldraht. Am Anfang willst du nicht glauben, dass du diesen furchtbar hässlichen Bumerang überhaupt in der Hand hältst. Du wirfst ihn fort, betrinkst dich ein paar Nächte lang, und dann gehst du drei Tage später nichtsahnend eine Straße entlang und zack, da fliegt er dir in die Brust. Mühsam ziehst du ihn dir aus dem Herzen und wirfst ihn wieder weg. Und dann kommt er wieder. Und irgendwann gibst du auf und läufst mit einem Stacheldraht im Herzen herum, macht ja nichts, macht ja überhaupt gar nichts, das geht vorbei. Manchmal kommen Menschen und sagen dir, dass du das nicht tun musst. Dass das niemand aushalten muss und du erst recht nicht, weil du ja so ein toller Kerl bist. Das sagen sie immer wieder: Das hast du nicht verdient. Sagen sie. Und dann klopfen sie dir auf die Schulter und ziehen den Bumerang ein kleines Stückchen heraus, weil sie sehen, dass das ganz schön wehtun muss mit so einem Ding in dir drin. Aber du weißt es besser. Du weißt, dass er zurückkommen wird, und ehe du auch nur ein Wort sagen kannst...

So geht das weiter. Tagelang. Wochenlang. Monate. Langsam gewöhnst du dich daran, denn bei jedem Aufprall verliert er ein paar Stacheln und irgendwann, nach ziemlich langer Zeit, spürst du den Zusammenstoß kaum noch. Und eines Tages nimmst du ihn und schmeißt ihn in das Lächeln einer fremden Frau. In diese eine Sommernacht, in diesen Tagtraum, in den Gedanken, dass du schon seit Wochen nicht mehr daran gedacht hast. Und dieses Mal kommt er nicht zurück. Für dieses Mal ist es vorbei. Bis der nächste kommt.

Du hast es wirklich versucht. Du hast Sport gemacht und gesunde Sachen gegessen. Du bist joggen gegangen. Du hasst Jogger, du hasst dieses sinnlose Gerenne in Grünanlagen, in denen alle immer so tun, als hätten sie Freunde und einen Grill. Vermutlich haben sie das auch, bloß hast du das nicht und deshalb willst du diese Menschen auch alle gar nicht erst sehen müssen. Das hält doch keiner aus, hast du gedacht, und läufst mit rotem Kopf und vor Einsamkeit schon ganz wahnsinnig an diesen glücklichen Menschen vorbei.

Aber erst einmal war ja Herbst. Und im Herbst ist man meistens alleine mit sich und dem Regen. Und du bist gerannt. Bist Kilometer um Kilometer von ihr weggelaufen und hast dabei immer nur daran gedacht, wie sehr du sie dafür hasst, dass du jetzt sogar joggen gehst, weil dir einfach nichts anderes mehr eingefallen ist, was du noch tun könntest, damit es *besser* wird. Damit das Brennen aufhört und die Angst, damit dieser riesige Berg, der jede Nacht auf deiner Brust gewachsen ist und der sich nicht abtragen ließ, damit dieser Berg endlich verschwindet. Wer will schon mit einem Berg auf der Brust herumlaufen? Du jedenfalls nicht.

Nach dem Joggen hast du Zeitung gelesen. Im Grunde hast du dich selber gelesen, denn die Presseabteilung des Verlags war so nett, dir alle gerade über dich veröffentlichten Artikel sofort zuzusenden. Du saßt auf dem Boden der Wohnung, der inzwischen sehr, sehr sauber war, weil du auch darauf achtetest. Das hattest du in den Ratgebern gelesen, die du dir bestellt hattest. Achten Sie auf eine saubere Umgebung. Und das hast du gemacht. Was solltest du auch sonst tun außer joggen, essen, putzen und heulen?

Als Erstes liest du das Interview, das du nach einer besonders schlimmen Nacht gegeben hast. Am Schluss hatte der Redakteur gefragt: Ist die Geschichte in Ihrem Buch eigentlich genau so passiert? Und du hast geschwiegen. Lange. Und dann sehr leise geantwortet: Nein.

Denn nichts davon war so passiert, wie du es aufgeschrieben hattest. Denn all das, all diese zweihundert Seiten waren nur der jämmerliche Versuch, sie zu beschreiben. Euch zu beschreiben. Das Wir, das sich jedweder Beschreibung entzog. Denn ihr wart nur zusammen gewesen, wart nur beieinander ein Wir, nur miteinander das Uns, das sich jetzt in den Tagen verflüchtigte. Das »Ich«, das sich aufgelöst hatte in der Säure ihrer Worte, das »Ich«, das begraben lag unter ihren Versprechungen, all das existierte in Wahrheit nicht. Denn nichts davon war noch da, war noch echt, war noch das, was es mal gewesen war. Und keines deiner Worte hatte daran etwas ändern können. Indem du eure Geschichte aufschriebst, machtest du sie zu DEINER Geschichte und dich damit zu dem einsamsten Menschen der Welt. Denn als aus dem Uns ein Ich und ein Du wurden, gab es keine Wahrheit mehr, die mit der Realität deiner Geschichten hätte mithalten können. In deinen Worten war sie noch lebendig und da, war sie noch an deiner Seite, in deinem Bett, in deiner Küche stehend, lachend, schmollend, leise nickend, ihren Kopf an deine Schulter lehnend. Dabei war nichts von ihr geblieben als der stotternde Versuch, darüber zu schreiben, dass nichts von ihr geblieben war. Sie war fort und keine Worte der Welt konnten daran noch etwas ändern.

Du hattest begonnen, »Wilde Wesen« zu schreiben, als du Martha kennenlerntest. Irgendwie musstest du ja festhalten, was da gerade geschah, denn wie so oft war alles ganz anders, als der kleine Max sich das vorher ausgedacht hatte.

Denn du warst jetzt zum ersten Mal seit sechs Jahren alleine. Du gingst alleine ins Bett und du standst alleine auf, du frühstücktest alleine und du saßt abends alleine vor dem Fernseher, du, dein Bier, deine Gedanken. Du warst endlich alleine und das fühlte sich ziemlich aufregend an. Zumindest zwischen den Momenten, in denen dich die Erinnerung und die Fassungslosigkeit darauf aufmerksam machten, dass das alles noch vor weniger als zwei Monaten anders gewesen war. Denn da war immer jemand gewesen. Wenn du nach Hause kamst und wenn du am Sonntagmorgen die

Augen geöffnet hast: Da war immer die gleiche Frau. Jetzt waren da nur noch du und ihre Haarklammern.

Kurz hattest du darüber nachgedacht, den Arbeitsplatz zu wechseln. Die Zeitung bezahlte schlecht, deine Kollegen waren so alt wie langweilig und am Ende des Tages gingst du immer mit diesem Gefühl nach Hause, dass absolut nichts von dem, was du getan hattest, irgendwie (in keinem Universum dieser Welt) sinnvoll war. Du schriebst Nachrichten ab, du trankst große Mengen Kaffee und wo am Anfang noch manchmal das Gefühl gewesen war, dass du an diesem Tag wirklich etwas Großartiges getan hattest, blieb mittlerweile nur noch das Wissen darum, dass es immer Nachrichten geben würde, dass jeden Tag etwas Neues passieren würde und dass du niemals fertig sein würdest. Es würde einfach immer so weitergehen, bis du schließlich hundertachtundzwanzig Jahre alt wärst und mit dem Gefühl sterben würdest, dass es noch immer (noch immer!) Nachrichten gab, die man schreiben könnte, und dass das auch nicht aufhört, solange es Menschen gibt und apropos Menschen, die hattest du mit jeder dpa-Meldung, mit jeder Sondersendung, mit jeder Eilmeldung immer nur noch mehr hassen gelernt, weil das doch kein Mensch aushält, dass die anderen Menschen ständig so dumme Sachen taten, dass sie nicht lernten, nicht klüger wurden, nicht aufhörten damit, so verdammt dumm zu sein.

Nachdem du darüber nachgedacht hattest, warst du jedoch zu dem Entschluss gekommen, dass die Arbeit zu einfach war und dass es sowieso ja überhaupt gar keinen anderen Arbeitsplatz für dich gab (denn woanders war es eben auch nicht… na ja: *anders*), also konntest du auch da bleiben, wo du dich auskanntest, wo es berechenbar schlimm und nicht neu-schlimm war, wo du die Arschlöcher von den guten Kollegen unterscheiden konntest und man dir jedes Jahr wieder eine kleine Gehaltserhöhung gab und wer weiß? Vielleicht ja sogar irgendwann mal eine führende Position; Dietmar war sowieso schon so alt, da hattest du vielleicht gute Chancen auf den Chief Editor Posten und das bedeutete, dass du eigentlich gar nicht mehr schreiben musstest, sondern einfach nur noch delegiertest und hin und wieder einem Volontär erklären durftest, wie das so funktioniert mit dem Texteschreiben, mit tiefer Stimme und Mundgeruch, mit Kaffeeflecken auf den Zähnen: Mein Junge, was eine gute Geschichte braucht, ist Folgendes…

Und irgendwie war es ja auch okay, dass es immer so weitergehen würde, denn seitdem deine Freundin weg war, überkam dich regelmäßig ein Gefühl von Ohnmacht, denn wenn das zwischen euch nicht planbar und nicht berechenbar gewesen war, wenn die ganze schöne Rechnung nur in einer ekelhaften Abrechnung miteinander endete: Was war dann überhaupt noch planbar?

Nach acht Wochen hatten auch die mitleidigen Blicke der anderen aufgehört und du gingst in eure Redaktion, nahmst dir einen Kaffee und den Stapel Tageszeitungen der Konkurrenz, den du jeden Tag last und dachtest: Na und, dann geht das jetzt einfach so weiter, ich bin zweiunddreißig Jahre alt, ich habe noch keine Geheimratsecken, ich habe hübsche Locken und ein durchschnittliches Gesicht, wen kümmert es schon, dass sie weg ist, es wird bestimmt eine Neue kommen, aber erst einmal kümmere ich mich jetzt um meine Karriere, denn das raten einem doch immer alle: Jetzt erst mal sich selber kennenlernen, obschon ich lieber gar nicht wissen will, was oder wer ich bin, es reicht ja schon, einen anderen kennenzulernen, das ist ja schon irre viel Arbeit, da muss ich ja nicht auch noch mich selber verstehen, aber Karriere, Karriere wäre schon ziemlich gut, denn Geld ist vielleicht das Einzige, das bleibt.

Und dann, zack: stand sie da. Gerade neu eingestellt, gerade aus dem Studium raus, Hallo, darf ich Ihnen Ihre neue Kollegin vorstellen, das ist Martha Klingmann. Und Martha Klingmann gab dir die Hand und du griffst danach und du wolltest nicht loslassen, du wolltest das jetzt festhalten, das erste gute Gefühl seit Monaten. »Hallo«, sagte Martha und lächelte professionell und sagte etwas von »Schön, Sie kennenzulernen« und natürlich (natürlich!), dass Sie fortan im Kulturressort tätig sei und du erinnertest dich: Da war etwas gewesen, die olle Wegener würde ihr drittes Kind bekommen und es war eine Vertretung für sie gesucht worden, aber dann war da *die Sache* und dann war da der Alkohol und dann war da eben auch einfach kein Interesse für solche Dinge, denn welcher Idiot jetzt irgendwas über das neue Theater, das Buch eines Promis oder die x-te Abhandlung über die »Generation-Y« schrieb: Dir doch egal.

Aber jetzt: Martha. Und Martha verabschiedete sich eilig, sie müsse jetzt weiter, die Anderen kennenlernen, ihr schwirre schon der Kopf, so viele Namen auf einmal, das könne sich ja niemand merken, aber es wäre sehr schön dich kennengelernt zu haben, noch einmal sagte sie das und dann ging

sie weiter mit Werner die Büros ab und du standst da mit
deiner Tasse und konntest ihren Blick nicht vergessen, diesen Blick, der dir alles verraten hatte (glaubtest du), aber
vielleicht irrtest du dich ja auch, denn dein Körper war aus-
gehungert und müde, du hattest nicht einmal mehr Lust
zu onanieren, du wolltest eigentlich nur noch deine Ruhe
und dann und wann mal einen Porno, wenn es sich eben
doch nicht vermeiden ließ. Der Rest: taub. Und das Gefühl
danach: ekelhaft. Der Druck war weg, aber die Sehnsucht
nicht, das Gefühl nicht, dass es am Ende eben doch etwas
Anderes war, wenn eine fremde Hand dich anfasste, wenn du
begehrt wurdest und überhaupt: Begehren und Triebabbau
waren zwei völlig verschiedene Dinge, das hattest du auch
erst lernen müssen, als du zum ersten Mal Sex mit Sarah
gehabt hattest, denn da war plötzlich ein anderes Gefühl neben der Lust und neben dem Wollen, da war plötzlich etwas
gewesen, das viel stärker und noch besser war als das, was
vorher da gewesen war: Liebe. Das klang kitschig, und du
hast es auch erst später begriffen, viel später als deine Worte
aus dem Mund kamen, viel, viel später nach dem Moment,
in dem du deinen Kopf in die Kuhle ihres Halses gelegt hattest, erschöpft und so unfassbar glücklich, dass du dir selber
ganz fremd warst, denn das hattest du nun wirklich noch nie
gespürt, so etwas war dir gar nicht untergekommen, da war
plötzlich: Liebe.

Und jetzt war da Martha und deine zitternde Hand, dein
ängstliches Umschauen, ob jemand deinen Bildschirm im
Blick hatte, aber nein, es schaute niemand, da war keiner,
also schnell im Intranet nach ihrem Namen gesucht, warum
auch immer, als stünde dort etwas, das dir erzählen könnte

wie sie schmeckte, wie sie riechen würde, wie sie Dinge ausspräche. Und natürlich war sie noch nicht registriert, aber im gleichen Moment kam dir ein anderer Gedanke, du öffnetest deinen Browser und gabst ihren Namen bei Google ein. Als Erstes wurde ihr Facebook-Profil gelistet und du loggtest dich ein und sahst ein schwarzweißes Porträt, die Haare offen, den Blick gesenkt, die Lippen ein wenig Schmollmund, kein Lächeln, nur eine Ahnung dessen; da war auch ihr Titelbild, ein ebenfalls schwarzweißes Bild eines Vulkans, der im Nebel liegt, und hättest du sie da schon gekannt, hättest du sie schon geküsst, du hättest geahnt, was das zu bedeuten hat, aber erst einmal ließ dich all das ratlos zurück, denn noch immer wusstest du ja einfach überhaupt nichts über sie, was sollte man denn damit anfangen. Du klicktest den Browser zu und auf das Spotify-Symbol in deiner Liste, und während du wie immer deinen Techno hörtest, während du wie immer deine traurige Musik hörtest und dann und wann auch mal Metal, während du da saßt, bemerktest du, dass du lächeltest. Und das war nun wirklich ziemlich erstaunlich, so sehr überraschend sogar, dass du ganz vergaßt, dass die morgendliche Konferenz anstand, nur dein E-Mail-Programm half dir, dich zu erinnern, in 5 Minuten Konferenz, in einer Minute Konferenz, Max, beweg dich, steh auf, du musst jetzt los.

Du bist über den Gang gerannt und beinahe mit Peter zusammengestoßen, der langsame Peter, der ohnehin immer zu spät kam, und wenn er vor dir dran war, dann musstest du dich noch mehr beeilen. Du nahmst die Treppe, weil das schneller ging als auf den Fahrstuhl zu warten, vierter Stock, großer Konferenzsaal 3, die Tür stand noch offen und du ranntest in den Raum und bliebst erst stehen, als du sahst, dass alle außer Peter schon da waren, aber Marcel hatte dir wie immer einen Platz freigehalten, hallo, hallo in die Runde, du nahmst Platz und rangst nach Luft, wann hattest du eigentlich zum letzten Mal Sport gemacht, wann hast du dich eigentlich mal bewegt, alter Mann, zweiunddreißig und schon so ein Wrack, lächerlich war das, ein bisschen jämmerlich auch, und jetzt saßt du da, ganz verschwitzt und wahrscheinlich auch rot im Gesicht, und da kam auch schon der Konferenzleiter und du versuchtest, ruhiger zu atmen, das war ja peinlich, dass dich alle so stöhnen hörten, jetzt reiß dich mal zusammen, Max. Kopf hoch, umsehen, die bekannten Gesichter, aber dann: Tür auf und da war sie. Ging durch den Raum, vorbei an dir, stellte sich neben den Leiter und lächelte schüchtern.

»Guten Morgen, Kollegen und Kolleginnen, bevor wir zu dem gestrigen Content kommen und zu dem, was uns heute erwartet, möchte ich Ihnen noch schnell Ihre neue Kollegin vorstellen. Das hier ist Martha Klingmann, sie wird ab heute das Kultur-Ressort unterstützen. Frau Klingmann hat zuvor beim Anzeiger gearbeitet und wir konnten sie zum Glück davon überzeugen, dass wir die bessere Wahl sind. Heißen Sie Frau Klingmann mit mir willkommen.« Ganz wach waren sie plötzlich alle, dachtest du, starrten Martha an und sagten »Guten Morgen« oder »Herzlich willkommen« und du dachtest, dass die Jungs ja doch noch so etwas wie Gefühle haben konnten, denn plötzlich sahst du in ihren Gesichtern etwas, das du in all den Jahren kaum wahrgenommen hattest: Interesse.

Und ja, das wunderte dich nicht, denn Martha war schön. Sie war nicht sonderlich groß, sie war nicht sonderlich gut gekleidet, aber ihr Gesicht war unter der Müdigkeit ganz zart und ihre Augen wach und auf ihrem Mund sahst du wieder dieses zarte Lächeln, das du auch auf ihrem Profilfoto gesehen hattest, und während die Konferenz eröffnet wurde, während die ersten sprachen und deine Kollegen auch deinen Text erwähnten, während du also da so saßt und versuchtest, dich zu konzentrieren, wurde dir klar: Du würdest Martha kennenlernen, es war ganz offensichtlich, du würdest früher oder später in ihrer Nähe sein und dich mit ihr unterhalten und wenn du richtig gesehen hattest, wenn du dich nicht wirklich ganz schrecklich irren würdest, dann hattest du in ihrem Blick gesehen, dass sie auch dich wahrgenommen hatte, dass sie dich ansah und dich beobachtete, dass sie vielleicht wie du versuchte, sich nichts anmerken zu lassen, aber so sehr konntest du dich nicht täuschen: Martha hatte auch an dir Gefallen gefunden.

Ein paar Tage vergingen und du wandst dich unter den Gedanken an sie, denn immer wieder überkam dich diese Lakonie, diese Schwere, die Erinnerung daran, dass du dir sechs Jahre sehr sicher in dem gewesen warst, was jeden Tag passierte und dann, mit einem Mal, war alles weg gewesen, alles anders, die Katze weg, die Freundin weg, die Wohnung halb leer. Und in so einem Zustand konnte man doch niemanden kennenlernen, das war doch bestimmt irgendwo verboten und aufgeschrieben worden und du selber hattest doch auch immer wieder die Gespräche der Kolleginnen mitbekommen, die Erzählungen von Freundinnen und auch von Freunden: Nach einer Trennung musste man alleine sein, nach einer Trennung sollte man sich um sich kümmern, nach einer Trennung *durfte* man nicht glücklich sein und sich erst recht nicht so schnell wieder verlieben.

Aber ging es darum? Ging es hier gerade tatsächlich darum, sich zu verlieben? Du wusstest es nicht und der Gedanke war beängstigend groß und sowieso hättest du es lieber gehabt, wenn du solche Worte erst gar nicht mehr in den Mund oder in den Kopf nehmen würdest, denn verlieben kam gar nicht in Frage, wie gesagt: Du hattest schon und hattest dich vollgefressen mit diesem ganzen Verlieben und am Ende hatte man dich gezwungen, alles auszubrechen und zurück bliebst du, mit dieser Leere im Bauch und diesem unglaublichen Gefühl von Enttäuschung. Und ja, vielleicht hattest du dich auch getäuscht, vielleicht war nichts von dem so gewesen, wie du geglaubt hattest, aber verdammt: Das war doch dein Leben, das war es doch gewesen.

Am Montag hatte Martha ihren ersten Arbeitstag gehabt und am Donnerstag feierte der Volontär seinen Abschied und hatte euch alle eingeladen, die ganze Redaktion, siebzehn Leute und ein paar freie Mitarbeiter, und ihr würdet in eine Bar gehen und du warst erleichtert, dass du trinken durftest, dass es geradezu von dir gefordert wurde und niemand darauf schauen würde, mit welcher Geschwindigkeit du neuerdings deine Drinks leertest. Martha hattest du in den Tagen auf den Gängen gesehen, immer in Eile, immer sehr müde aussehend, und du hattest dich gefragt, was sie so müde machte, was sie so müde gemacht hatte oder ob es etwas war, das in ihrer Natur lag, dass sie vielleicht einfach nur ein müder Mensch war, einer, der immerzu erschöpft war und es sich selber nicht erklären konnte.

Und das war es, das dich noch mehr zu ihr hinzog, denn sie sah aus, wie du dich fühltest, sie schien vielleicht zu kennen, was du bisher und in den letzten Jahren versucht hattest zu verschleiern und zu kaschieren, was du immer irgendwie zur Seite drängen konntest: Dass du müde warst, dass du müde aufwachtest und müde schlafen gingst, dass du aber trotzdem nicht einschlafen konntest und das schon seit Jahren, das schon, solange du dich erinnern konntest. Da war etwas in dir, das sich schwer und anstrengend anfühlte, als müsstest du eine Last tragen, die unsichtbar war, die dich aber dermaßen erschöpfte, dass du ständig wie durch Wasser gehen musstest, während die anderen gar nichts spürten, während alle um dich herum schneller waren. Du hattest das mit deinem wachen Geist und deinem Ehrgeiz kompensieren können, aber die Wahrheit war, dass du dich schon sehr oft gefragt hattest, wie lange du das durchstehen würdest, wie alt du so wohl werden würdest und ob du nicht spätestens mit vierzig so leer und kraftlos wärst, dass du einfach tot umfallen würdest.

Du kamst als Letzter in die Bar, alle anderen waren schon vorgegangen, während du eine halbe Stunde auf der Toilette verbracht und versucht hattest, dich zu beruhigen, ein ernstes Wort unter Männern, nur du und du, deine zwei Monster, ein gutes Monster, das trotzdem schrecklich war in seinem ganzen Wollen, ständig weitermachen- und ständig leisten- und vorankommenwollen; und das andere Monster, das schlimme, das, das zerstören wollte, das Wahn war und

Eitelkeit und Müdigkeit und Angst und brennende Brücken und das meistens alles anzünden wollte. Wie die Müdigkeit hattest du auch dieses Tier in den Griff bekommen, hattest auch gelernt, diese Eigenschaft zu vertuschen und zu verschleiern, denn du warst ja ein netter Kerl, ein ganz toller Freund, ein loyaler Partner und Kollege. Aber tief in dir war da ständig dieser Wunsch, etwas kaputt zu machen, das dir wertvoll erschien, einen Menschen zu verletzen, etwas zu tun, das du bereuen würdest, einfach, um einmal zu spüren, wie sich das anfühlte. Das Monster war in jungen Jahren gewachsen, und du hattest nicht gleich erkannt, welche Gefahr von ihm ausging, als du die ersten Frauen betrogen hattest, als du das erste Mal so sehr gelogen hast, dass etwas Schlimmes passierte, an dem du unbeteiligt zu sein schienst, aber du wusstest, welche Freude es ihm bereitet hatte, all das zu tun und du wusstest: Das warst du gewesen.

Das Monster jedenfalls schien dich gut zu kennen, es passte immer sehr genau den Moment ab, in dem es zuschlagen würde und heute war ein solcher Moment, das wusstest du ganz genau. Da war Alkohol und da war sie und da waren all die verhassten Gesichter und diese Langeweile, die du kaum aushieltest, und da war sie und da war sie und da war sie und nach einer halben Stunde verließt du die Toilette, die Haare genau richtig ungekämmt, das Hemd ein wenig offen und es war ziemlich klar, wer heute das Kommando haben würde und das war sicherlich nicht der gute Max, der treue, süße Max, das war der Max, der vom Leiden genug hatte und vom Sehnen und vom Warten und der Martha an eine Wand drücken und ficken wollte und der sich heute nehmen würde, was er brauchte, was er zum Teufel noch mal brauchte.

In der Bar nahmst du gleich neben ihr Platz, natürlich saß sie am Rand, natürlich unterhielt sich kaum jemand mit ihr, denn sie alle waren ganz schüchtern oder zu arrogant, man hatte es bei euch nicht leicht als »Neuer«, man musste sich erst beweisen und das war nicht ganz einfach, denn im Grunde musste man nur beweisen, dass man in der Lage war, den Kopf zu senken und seinen Job zu machen, für die Ideen waren andere zuständig, für den Inhalt, die Ausrichtung hatte man andere geholt, ihr solltet nur schreiben und in dem gut sein, was ihr eben am besten konntet, so war es schon immer gewesen und so würde es auch immer sein, und deshalb war die Lethargie auch verzeihlich, deshalb waren die Langeweile und die Trägheit auch nur Symptome eines Geschwürs, das doch ganz woanders saß.

Und dann: Du hast sie angesprochen. Hast einen Witz gemacht, hast dich zu ihr gedreht, die ganze Aufmerksamkeit auf sie gelenkt, hast jede Geste registriert, hast Blickkontakt gehalten, hast getrunken, aber nicht zu schnell, gerade so viel, dass du betrunken genug warst, um mutig zu bleiben. Nach einer Stunde hast du ihr das erste Kompliment gemacht und nach zwei Stunden hast du dich kurz mit einer Kollegin unterhalten, um ihr nicht das Gefühl zu geben, dass du zu sehr auf sie fokussiert bist, nein, ganz im Gegenteil, sieh genau hin, Martha, ich weiß, was ich hier tue, ich habe auch andere Optionen, auch, wenn ich dir natürlich das Gefühl gebe, dass ich mich im Grunde nur für dich interessiere.

Nach drei Stunden verließen die Ersten die Bar und du hattest Martha in ein Gespräch verwickelt, ganz fasziniert von

51

all den Worten, die sie dir da sagte. Sie sprach über Politik und über das Internet, sie machte Witze, die du verstandst, und sie lachte an den richtigen Stellen. Sie sprach über die Langeweile, die sie so oft verspürte und sie sprach über Filme, die du kanntest, und über Musik, die du mochtest. Du bemerktest, dass sich ihre Körperhaltung veränderte, dass sie sich dir zuwandte und dass sie dann und wann eine scheue Hand auf deinen Unterarm legte, wenn sie deine Aufmerksamkeit wollte, wenn du ganz genau zuhören solltest, auch, wenn du das Gefühl hattest, dass du das eigentlich die ganze Zeit tun musstest, denn jedes Wort erschien dir wichtig und jeder Satz konnte dir noch mehr verraten über dieses Mädchen, das achtundzwanzig war und wunderschön und dessen Augen dich anstarrten, dich genau so verfolgten, wie es deine bei ihr taten, und als es elf wurde und die meisten gegangen waren, da verabschiedete auch sie sich und du wusstest, dass das nicht schlimm war, dass es sogar genau richtig war, denn das Monster hattest du gar nicht beruhigen müssen, das hatte sie schon getan mit ihren Augen und ihren Händen, die du noch immer auf deinem Unterarm spüren konntest.

Du wanktest nach Hause und schaltetest den Laptop an, mit fahrigen Fingern gabst du ihren Namen bei Facebook ein, und dieses Mal klicktest du nicht einfach ihr Bild weg, sondern du drücktest »gefällt mir« und schicktest ihr danach eine Freundschaftsanfrage und im gleichen Moment nahm sie sie an und du lächeltest und schriebst ihr eine Nachricht: Danke für den Abend, Madame Martha. Es war ein Fest im Fest.

Und sie antwortete. Und du antwortetest auch und ihr begannt zu schreiben und schrieb euch, bis es eins wurde und bis es zwei wurde und bis ihr einschlieft. Aber zuvor erzählte sie dir von ihrer Familie und ihrer Wohnungssuche und vom Umzug in diese Stadt und sie erzählte dir von ihren Lieblingsbars und schickte dir Youtube-Links und Links zu Blogs, die ihr gefielen, und während du dasaßt, noch im Mantel und ein Herz wie ein Orkan, während du auf dem Sofa saßt, das deine Ex-Freundin gekauft hatte und das sie bald mitnehmen würde, wenn sie ihre restlichen Kartons abholen würde, während du dasaßt in der Stille einer Wohnung, die schon viel zu lange still war, hörtest du eine Stimme, die deine war, eine ruhige, eine aufgeregte, eine flüsternde, eine schrille Stimme, die sagte: Wir sind wie wilde Wesen.

Noch in dieser Nacht verabredet ihr euch zu einem Treffen am nächsten Tag. Es gab noch so viel zu besprechen, es gab noch so viel zu erzählen und du wolltest ihre Stimme hören, du wolltest sie riechen und du wolltest, dass sie bei dir war und du konntest dich nicht daran erinnern, wann du dich zum letzten Mal so gefühlt hattest. Es musste lange her sein, denn im Grunde fiel dir kein einziger Moment ein. Das vorher war anders gewesen, weniger aufregend und weniger erregend, es war nüchterner gewesen und hatte sich vom ersten Moment an sicher angefühlt. Du hattest keine Sekunde an der Existenz deiner Freundin gezweifelt, denn sie war im richtigen Moment in dein Leben getreten, du warst schon eine Weile allein und satt von den Mädchen, die morgens manchmal neben dir lagen und schlecht rochen und eigentlich auch schlechter aussahen, als du sie in Erinnerung gehabt hattest – wenn du dich überhaupt an den Vorabend erinnern konntest.

Du warst satt und trotzdem auf der Suche, du hattest so eine Ahnung, dass da irgendwie irgendwo noch was sein musste, dass es das doch nicht gewesen sein konnte, denn wenn du mit den anderen sprachst, dann erzählten sie immer mit einem Blick, der dir ganz fremd war, und mit einer Euphorie, die du nicht kanntest. Und dann war da eines Abends sie gewesen, das hübscheste Mädchen am Tisch eines befreundeten Paares, und du hattest dich neben sie gesetzt und sie hatte Hallo gesagt und du hattest so eine Ahnung gehabt, dass das jetzt vielleicht mal etwas sein könnte, dass das jetzt vielleicht mal eine von den Sachen wäre, die nicht nach einer Nacht oder den magischen, beschissenen, zum Verzweifeln kurzen drei Monaten wieder vorüber wäre.

Und du hattest recht gehabt. Natürlich gab sie dir ihre Nummer und natürlich schriebst du ihr am nächsten Tag eine SMS und beim ersten Treffen gab es einen Kuss und beim zweiten Treffen Sex und nach dem dritten kein Zurück mehr. So einfach war das also, so leicht konnte das gehen.

Aber jetzt war da Martha und die wartete schon an der U-Bahn-Station, an der ihr euch treffen wolltet. Du sahst sie schon von Weitem und mit einem Mal warst du schrecklich überrascht: Da stand diese schöne Frau, entspannt rauchend und an ein Geländer gelehnt und eine Weinflasche vor sich hingestellt. Da stand diese Frau und sah genauso aus wie etwas, nach dem du dich gesehnt hattest, ohne dieses Bild jemals vor dir gesehen zu haben. Du liefst langsam auf sie zu, während sie dich noch nicht bemerkte, beobachtetest sie und dein Herz, dein Puls, dein Kopf, dein Bauch, alles Rauschen und Vorfreude, und als du schließlich vor ihr standest, als du sie zur Begrüßung unbeholfen umarmtest, da wusstet du, dass es stimmte, dass niemand gelogen hatte, dass alle die Wahrheit gesagt hatten und die Geschichten stimmten: Es gab so etwas, es gab etwas, das vom ersten Moment an stimmte, das so stark und klar und deutlich und absolut nicht zu übersehen war, dass kein Weg daran vorbeiführte: Es gab tatsächlich dieses Ding, das die anderen Liebe auf den ersten Blick nannten, ha, das dachtest du wirklich, weil es sich so anfühlte, weil es sich anfühlte, als hättest du Martha schon immer geliebt, als hätte es gar keine Zeit ohne sie gegeben und als dürfte auch keine mehr ohne sie kommen, und du gingst neben ihr und alles war aus Flirren und alle Nervenenden lagen offen und du dachtest: Es hat noch nie so schön hier ausgesehen, es war noch nie so warm und gut und absolut in Ordnung und du lachtest, als dir plötzlich klar wurde, dass du einfach nur vergessen hattest, wie sich Glück anfühlt.

Ihr suchtet euch eine Bank aus und da saßt ihr nun, nebeneinander und ohne die schützende Atmosphäre einer guten Entschuldigung. Keine Kollegen, keine Arbeit, keine Konferenzen oder Meetings, nur du und sie.

Du hattest dir diesen Platz ausgesucht, weil er in der Nähe des Konzertsaales der Philharmonie lag und manchmal hatte man Glück und konnte Rachmaninow oder Tschaikowsky hören, manchmal trug der Wind die Klänge bis zu der Wiese, an deren Rand ihr saßt. Und tatsächlich, als ihr gerade angekommen wart, begannen schon die ersten Klänge und du sahst sie an und sie sagte: Ach, wie hübsch, und sie lächelte dabei herausfordernd, denn natürlich war das ein Test, natürlich wolltet ihr beide herausfinden, ob ihr es erkennen würdet, und als ihr feststelltet, dass ihr nicht enttäuscht wurdet, da war alles klar, da wusstet ihr schon beide, dass es eigentlich keiner weiteren Beweise bedurfte, dass aber eben genau diese Beweise das ausmachten, was man sich am Ende erzählen würde, was man den Freunden sagte und den Bekannten, all diese Geschichten und Sätze, die die Antwort auf die Frage waren, warum man dem anderen so nah war, warum man begehrte und liebte.

Ihr saßt zwei Stunden auf der Bank und trankt den Wein, spracht über dies und über jenes, und währenddessen beobachtete dein Körper jede ihrer Bewegungen, jedes Kopfnicken und jedes Beineübereinanderschlagen, denn du wusstest schon längst, dass du sie küssen wolltest, und eigentlich, ja, eigentlich schien sie das auch zu wollen, denn sie sah dich mit großen Augen an und ihre Zunge befeuchtete ihre Lippen und ihr Körper suchte deine Nähe. Aber bei all dem Kitsch und all den großen Gedanken, bei all dem Rauschen im Kopf begannst du trotzdem zu zweifeln. Was, wenn sie dich vielleicht nur nett fand, eine nette Unterhaltung für einen netten Abend unter Kollegen oder sogar vielleicht irgendwann einmal Freunden? Was, wenn sie in der neuen Stadt einfach einsam war und Anschluss suchte, wenn sie kokettierte und flirtete, weil das eben so ihre Art war, was, wenn das alles gar nicht so gemeint war, wie du glaubtest? Es wäre wohl peinlich und recht enttäuschend, dachtest du, und natürlich war das nicht die Wahrheit, denn die war um einiges größer, nachdem du schon eine Woche Zeit hattest, dir auszumalen, was du alles mit ihr anstellen wolltest, wie ihr zusammen lachen und reden würdet, wie du ihr die Wohnung zeigen würdest und sie dir ihre, wie die schöne Martha nackt aussah und wie am Morgen, wie ihr zwei unter der Dusche stehen würdet oder Händchen haltend in einer betrunkenen Nacht nach Hause wanken würdet. Du hattest dir das alles schon ausgemalt und es wäre schmerzhaft, wenn nun nichts davon geschehen würde, wenn all die schönen Träume platzten, und diese Angst war so groß, so beunruhigend, dass du immer unsicherer wurdest, bis du schließlich all deinen Mut zusammennahmst und sagtest: Es ist kalt, komm, wir gehen zu mir.

Und mit einem Mal war alles anders: Sie stimmte zu und lief neben dir, aber ihre Stimmung war gedrückt und ihr Körper abgewandt und du versuchtest, die Situation mit sehr viel Gerede und noch mehr dümmlichen Fragen zu überspielen. Du erzähltest von der Arbeit (herrje, Max!) und von den Kollegen (ach, bitte) und du beeiltest dich, möglichst schnell zu gehen, damit sie es sich nicht anders überlegen konnte, damit sie nicht doch noch zweifeln könnte. Denn du wolltest sie jetzt unbedingt, du wusstest, dass du sie im Park nicht küssen wolltest und auch nicht in einer Bar, du wolltest mit ihr alleine sein.

Bei dir angekommen, nahm sie dir gegenüber am Küchentisch Platz und du warst einen Moment gekränkt und auch irritiert, denn sie hätte sich in der großen Küche auch neben dich setzen können, zog es aber vor, sich von dir ein Stück zu entfernen. Auch dieses Mal überspieltest du deine Unsicherheit und deine Angst und nahmst das Gespräch wieder auf, es musste ja weitergehen, es durfte nicht still werden, was hattest du eine Angst vor dieser Stille.

Und dann war sie doch plötzlich da, die Stille zwischen euch, und du sahst sie an und Martha sah dich an und senkte dann den Blick und du nahmst all den weingetränkten Mut zusammen, der meistens nicht Mut, sondern Idiotie ist, und du standst auf und gingst zu ihr hinüber und stelltest dich vor sie und sagtest: Ich weiß, dass das vielleicht jetzt gerade furchtbar dumm ist, aber ich möchte nichts mehr, als dich zu küssen, jetzt, am Besten jetzt sofort.

Und sie schwieg. Und du strecktest deine Hand aus und berührtest ihr Haar, weil du dir doch so sicher warst, dass du dich nicht geirrt hattest, dass da doch etwas war, dass sie dich doch genauso mochte und wollte und brauchte und sie schmiegte ihr Gesicht in deine Hand und blickte auf und sagte: Ich kann nicht, Max, es tut mir leid, ich habe einen Freund. Und in diesem Moment hättest du aufhören sollen, du hättest die Hand zurückziehen müssen und nicken müssen und sagen müssen: Oh, wie enttäuschend oder etwas ähnlich Logisches. Du hättest dich für deine Übergriffigkeit entschuldigen können und du hättest sagen müssen, dass es dir leid tut, dass du da aber wohl etwas falsch verstanden hast, aber dass das ja auch jetzt nicht so schlimm ist, kann ja mal passieren, haha, soll ich dich noch zur Tür bringen?

Aber stattdessen zogst du sie zu dir, beinahe trotzig, denn das wolltest du nun wirklich nicht, du hattest wirklich mehr als genug gelitten, du hieltst keine weitere Wunde aus und das Monster nahm sich, was es sich all die Jahre schon hatte nehmen wollen und sollen und ihre Schreie hast du nicht gehört, ihr Wehren nicht gespürt, scheiß drauf, hast du gedacht, scheiß doch drauf, einmal soll es bekommen, was es braucht.

Fragen, die ich dir nie
gestellt habe:

Bist du manchmal nachts an meinem Haus vorbeigefahren und hast nachgesehen, ob bei mir noch Licht brennt?

Wenn es dunkel hinter meinen Fenstern war: Hast du dich gefragt, wo ich stecke?

Wenn du Licht sahst: Hast du dich gefragt, was ich gerade tue? Hast du überlegt, ob ich wohl alleine bin?

Warum sind wir uns nie zufällig begegnet? Hast du mich gemieden oder habe ich dich gemieden? Wie konnten wir uns so ähnlich sein, all die Zeit, und dann ist da ein kurzer Augenblick und wir driften auseinander wie zwei gleichgepolte Magnete? War es das? Waren wir uns zu ähnlich?

Hast du mir manchmal geschrieben, aber die Briefe oder E-Mails nicht abgeschickt? Was stand darin?

Hast du mich vermisst?

Hast du uns vermisst?

Hast du auch solche Angst gehabt, dass das alles nie wiederkommt? Dass es das jetzt für immer gewesen ist? Einzige Chance auf Glück versaut? Pech gehabt – im nächsten Leben?

Hast du den Zettel gefunden, den ich im Schrank versteckt habe?

Hast du, wenn du jemand anderen geküsst hast, mal an mich gedacht?

Wie viele kamen nach mir?

Wie hießen sie?

Waren sie schlauer oder schöner als ich?

Hast du auch beim ersten Schnee an mich gedacht? An unser Telefonat, als ich dir erzählt habe, dass immer etwas Besonderes geschieht in meinem Leben, wenn es zum ersten Mal schneit?

Hast du dich an den Zwei-Striche-Moment erinnert?

Hast du getrauert, damals, hast du wirklich getrauert?

Hast du geglaubt, dass du mit mir alt wirst?

Hast du mich so sehr geliebt wie ich dich?

Hast du mich jemals betrogen?

Hast du auch nur ein einziges Mal daran gedacht, was aus mir wird?

Hättest du gerne Kinder mit mir gehabt?

War das Verachtung oder Angst in deinem Blick? Und warum konnte ich das nie unterscheiden?

Warst du der Anruf mit der unterdrückten Nummer?

Warum hast du nichts gesagt?

Warum zum Teufel hast du bloß nichts gesagt?

Oder wieder niemals

Am schlimmsten ist das Schreien. Dieses Schreien in der Brust und im Kopf und zwischen den Sätzen, die nicht gesagt, und zwischen den Zeilen, die nicht abgeschickt werden. Da ist dieses Schreien, das du nicht herauslässt, weil es die ganze Welt zusammenschreien würde, weil alles Glas zersplittern und alle Ohren bluten würden, wenn du erst einmal damit anfangen würdest. Mit dem Schreien und dem Herauslassen, mit dem Wüten und dem Toben, mit dem Kaputthauen und dem Anzünden.

Das Schreien ist mal lauter und manchmal auch ganz leise. Wenn die Sonne scheint und du deinen Kopf hochhältst, den Kaffee in der Hand und ihr Bild nicht in der Amygdala – dann geht es für einen winzigen Moment. Dann ist das Schreien so leise wie einzelne Worte, die sich durch jede Bewegung flüstern. Ihren Namen, was sie jetzt wohl dazu sagen würde, Antworten, um die du nie gebeten hast, Fragen, die sie dich nicht mehr hat stellen lassen, vage Vermutungen und schrille Unterstellungen, böse Worte zwischen zusammengekniffenen Lippen. So etwas.

All die anderen Momente sind ein Kraftakt aus zusammengebissenen Zähnen und dem verzweifelten Versuch, nicht jederzeit einfach laut loszuschreien. Nicht zu schreien, dass du es immer noch nicht verstehst. Dass sie zurückkommen soll, jetzt, jetzt sofort. Dass sie nicht nicht da sein darf. Dass du sie brauchst, liebst, hasst, in ihr ersäufst, sie nicht loslassen kannst, sie halten und sie festhalten willst, neben ihr liegen, neben ihr reden, neben ihr verrecken, neben ihr mit ihr in ihr einfach endlich wieder ach ach ach.

Du möchtest dann so laut schreien, dass sie es auch hört und sich erschreckt, sich ganz furchtbar erschreckt, weil sie ja gar nicht geahnt hat, wie sehr du leidest, weil sie nicht mehr mit dir spricht, aber wenn sie es wissen würde, dann wäre sie natürlich längst wieder bei dir, bildest du dir ein, denn so grausam ist sie doch nicht, Flora, so grausam doch nicht. Oder?

Natürlich ist sie das, denn sie küsst deinem Mund nicht die Schreie weg und sie legt sich auch nicht neben dich auf den Badezimmerboden, um das Feuer zu löschen, das sie entfacht hat. Sie ist nicht da. Nicht am Morgen, wenn du auf nackten Füßen in die Küche schleichst, um dir einen Kaffee zu machen. Nicht, während du dir die Zähne putzt. Nicht beim Laufen, nicht beim Rennen, nicht beim Essen, nicht beim Schlafen, einfach gar nicht.

Und du versuchst, dir das vorzustellen. Dass sie einfach nie wiederkommen wird. Dass kein Schreien, kein Schreiben, kein Betteln und Hoffen etwas daran ändern werden. Dass es nie wieder Henri und Flora geben wird, weil sie beschlossen hat, dass es jetzt nur noch Flora mit anderen und Henri gar nicht mehr gibt. Denn du bist nichts außer Gedanken an sie, die Obsession deines Idiotismus, der nachts durch regennasse Straßen schleicht.

Was wäre, würdest du einfach zu ihr gehen und ihr all das sagen? Was passierte, wenn du zu ihr schleichen würdest, in einer dieser Nächte, und an ihrer Tür klingeln würdest? Würde sie öffnen? Würde sie dich wie früher durch den schmalen Spalt zwischen Tür und Wand huschen und deine Jacke ablegen lassen? Würde sie dich umarmen? Würde sie ihren Kopf an deinen legen, die Augen geschlossen, das Herz ganz schnell, der Atem ganz langsam? Würde sie dich dann in ihr Bett ziehen (sechs große Schritte) und dich noch einmal küssen (der größte aller Schritte), würde sie sagen: Gut, dass du wieder da bist?

Du hast jedes Mal damit gerechnet, dass sie dir die Tür nicht öffnen würde. Jedes Mal, wenn du zu ihr gefahren bist, hast du erwartet, dass sie dich dort unten stehen lassen würde, mit der braunen Katze, die immer auftauchte, wenn du den Hausflur gerade betreten wolltest. Da saß sie nun und schaute dir dabei zu, wie du die Tür vorsichtig aufdrücktest und in Floras Treppenhaus schautest und dich fragtest, ob sie dieses Mal vielleicht einfach nicht öffnen würde. Du beneidetest die Katze, weil sie immer dort sein konnte, wo du viel zu selten warst. Weil sie bei Flora ein- und ausgehen durfte, weil sie sich vor Floras Tür legte, um zu schlafen, während du bloß dort standst und darauf hofftest, dass Flora die Klinke hinunterdrücken würde, um dich einzulassen.

Natürlich hat sie dich jedes Mal in ihre Wohnung gelassen. »Natürlich«, hat sie gesagt und dabei gelächelt wie jemand, der sich dieses »natürlich« auch jederzeit anders überlegen könnte. »Was du immer denkst, Henri.« Hat sie gesagt und den Kopf geschüttelt. Das wäre ein guter Moment gewesen, um zu sagen: *Ich denke, dass ich dich liebe. Dass ich dich wirklich und total liebe. Nicht wie in den Filmen oder in den Serien, die wir geschaut haben. Nicht Küssen-im-Regen und ständig Herzklopfen bis zum Durchdrehen. Ich liebe dich, wie man jemanden liebt, der man sein möchte. Ich möchte du sein und in dir verschwinden. Ich möchte dein Körper sein und deine Gedanken, deine Nahrung und dein Schweiß, ich möchte in dich hineinkriechen und wie ein Homunculus in dir sitzen und alles sehen, was du siehst, und alles spüren, was du fühlst, und alles mitbekommen, worüber du dir Gedanken machst. Ich liebe dich wie meine beste Freundin, wie mich selbst in meinen glücklichsten Momenten, wie das Gefühl, nach sehr langer Zeit nach Hause zu kommen und jemand hat für dich aufgeräumt, die Heizung angestellt und dir einen Kuchen gebacken. Ich liebe dich, wenn du morgens neben mir aufwachst und ganz zerknautscht aussiehst, als hätte dich der Schlaf gedrückt und geschüttelt, und du musst erst noch begreifen, dass du tatsächlich wieder aufgewacht bist, dass du noch da bist und noch du, noch Flora, die ein Leben hat und eine Vergangenheit und seit siebenundzwanzig Jahren immer wieder und wieder aufwacht.*

Ich liebe dich, weil du mir das Essen wieder beigebracht hast, weil du mir das Weinen gezeigt und das Trinken verboten hast, weil du die Einzige warst, die verstanden hat, dass man nicht beides gleichzeitig machen kann: sich betäuben und sich aushalten, alles wahrnehmen und alles wegtrinken. Du hast mir gezeigt, dass Heulen hilft und dass Trinken das Negativ des Weinens ist und du selbst ein Ventil: Wenn du trinkst, dann schüttest du alle Flüssigkeit in dich hinein, wenn du weinst, lässt du sie wieder hinaus.

Deshalb hilft das Weinen nicht, wenn man betrunken ist: Es gleicht sich aus, es reinigt nicht und spült nicht heraus, was du gleichzeitig in dich reinkippst.

Ich liebe dich, weil du für mich gekocht hast, als ich schon Wochen kaum noch essen konnte, weil ich so viel hinunter-geschluckt hatte, dass mir ständig übel war, dass mir immerzu schwindelig und schlecht war und ich den ganzen Tag nur Kaffee trank und zitterte und mich übergab, wenn ich versuchte, etwas »Vernünftiges« zu essen. Du hast mir Frühstück gemacht und Abendessen, du hast immer und immer wieder für mich gekocht und gesagt: Irgendwann wirst du essen können, Henri, und dann wird es besser. Ich habe dir nicht geglaubt und furchtbare Angst gehabt, mich vor dir übergeben zu müssen, aber du hast das Essen vor mich gestellt und gesagt: Es wird nichts Schlimmes passie-ren, versprochen. Und irgendwann habe ich gegessen und es passierte nichts, außer dass ich mich daran erinnerte, wie zufrieden sich ein Körper anfühlen kann, wenn man ihn nicht immerzu hungern lässt.

Ich liebe dich, weil ich mit dir all diese kitschigen Sachen gedacht habe, von denen ich glaubte, dass ich sie überhaupt nie wieder würde fühlen können. Ich liebe dich, weil mir warm wird, wenn du deinen Kopf an meine Schulter legst, wenn ich deinen Herzschlag höre, wenn du neben mir leise schnarchst, wenn du schwitzend und keuchend auf mir sitzt und sagst, dass du endlich wieder etwas fühlen kannst, und ich genau weiß, was du damit meinst, weil du ein ver-dammter Eisbrecher bist, Flora, während in mir nur Alaska war, bevor wir uns trafen. Ich liebe deine Haare und dass du ganz wohlig seufzt, wenn ich deinen Kopf kraule, und du dann immerzu sagst: fester, fester, fester. Und wenn ich dann Angst habe, dir wehzutun, seufzt du in die Kuhle an meinem Hals und sagst: Ich hatte schon vergessen, wie sehr ich das liebe.

Ich liebe deine dunkle, raue Stimme, das leise Krächzen darin und dass du nie laut wirst, dass du nie schreist oder jemanden übertönen möchtest. Ich liebe es, dass du so zwanghaft ordentlich bist und deine Kleidung bügelst und faltest, weil ich dann sehe, wie sehr du dich bemühst, das wilde Wesen in dir unter Kontrolle zu halten, wie sehr du dich bemühst, wie du kämpfst, wie du alles dafür tust, dass nicht herausbricht, was du so sehr im Zaum halten willst. Ich liebe deine Stille und deine Ruhe, ich liebe deine Wohnung, die sich ständig verändert, weil du nie zufrieden damit bist. Ich liebe es, dass du versuchst, eine gute Person zu sein, dass du mit den Obdachlosen und den Verrückten sprichst, dass du keine Angst vor der Fremdheit eines anderen kennst, dass du dich so oft in dir selber verlierst und dann nicht mehr weiterweißt, dass du dir die Haare auf diese ganz spezielle Art aus dem Gesicht streichst, deine Mundwinkel, wenn du lächelst, den Ausdruck deiner Augen, wenn du einen kleinen Plan hast und er gelingt, dass du dein Fahrrad so liebst, dass du lieber immer wieder hinfällst, als nicht wenigstens zu versuchen, vor dem ganzen Mist wegzurennen, dass du die eine bist, die mich versteht, die eine, die alles weiß, die eine, die da ist und sich mit ihrem ganzen Gewicht auf mich legt, wenn ich nicht mehr atmen kann und sagt: Gleich wird es besser, es wird besser, versprochen. Und begraben unter dir, hört das Schluchzen auf und die Angst, hört das Schreien auf und der Wahnsinn. Ich liebe dich, weil ich noch nie einen schöneren Menschen als dich gesehen habe und das auch so meine. Ich liebe dich,

70

weil du mir deine Angst und deine Wut zeigst, deine Wunden und deine Liebe, deine Schuld, dein Gesicht, wenn du dich selber nicht mehr ansehen kannst.

All das hast du ihr in diesem Moment nicht gesagt, sondern geschwiegen und betreten zu Boden gesehen, weil du damit beschäftigt warst, ihre Stimmung und ihre Launen herauszufinden, dein Echolot auf sie auszurichten, bis du erahnen konntest, in welcher Verfassung sie sich heute befinden würde. Ihre Stimmungen waren wie Bücher, die sie hinter ihrem Rücken versteckt hielt. Manchmal hat sie sie schon bei der Begrüßung hervorgeholt und sie dir an den Kopf geworfen. Du sahst regelrecht, wie sie dabei sagte: Nimm das oder geh' eben woandershin.

Du hast sie dann aufgehoben und deine Hände haben dabei gezittert. Sie hat dich herausfordernd angesehen und darauf gewartet, dass du etwas unternehmen würdest. Meistens hast du wie ein Trottel geschwiegen und gehofft, dass dir das die Zeit verschaffen würde, bis sie von selber aufgeben und dich umarmen würde.

Meistens jedoch hattest du keinen blassen Schimmer, in welcher Verfassung sie gerade war. Dann nahmst du ihre Hand, zogst sie auf ihr Bett und hast geschwiegen. Oder sie ließ dich reden und kleine Kunststückchen vor ihr aufführen, bis sie gelacht hat und etwas sagte, das danach klingen sollte, dass es schön sei, dass du bei ihr bist – sich aber leider nie so angefühlt hat.

Ihr wart wie zwei, die sich eine Ewigkeit nicht gesehen haben. Bei jedem Wiedersehen brauchtet ihr mindestens eine Stunde, zwei Orgasmen und sehr viel Mut, bis ihr euch wieder wie zwei fühltet, die eins sind. Du hast diese Stunden gehasst, das Warten auf das vertraute Gefühl, das Ringen um Worte, die plötzliche Nervosität deiner Gesten, wenn du nicht wusstest, welches Buch sie heute vor dir verstecken würde. Du hast die Sehnsucht gehasst, die neben ihr manchmal noch größer war als ohne sie, und du hast die Sekunden gezählt, bis ihr nackter Körper auf deinem lag und sie verschwitzt und atemlos all die Dinge geflüstert hat, auf die du seit Tagen gewartet hattest.

Henri, hat sie geflüstert, *es ist wichtig, dass du weißt, dass es mir etwas bedeutet, wenn du da bist, hörst du, Henri, es bedeutet mir etwas und du auch und ich liebe dich dafür und wegen tausend anderer Sachen, weil ich nie wieder neben jemand anderem liegen möchte.*

Für diese Worte nahmst du das Warten in Kauf und das Sehnen, die Übelkeit und die Angst. Für diese Worte hättest du alles getan, alles und leider auch noch ein bisschen mehr.

Vielleicht war das der Fehler. Dass du alles für sie getan hättest und das bisschen Mehr, das dazu geführt hat, dass sie am Ende immer weniger wollte, bis sie schließlich überhaupt nichts mehr von dir gewollt hat.

Dabei war sie das Raubtier und du das müde Reh, das vor ihr saß, ganz freiwillig und schon verwundet von ihren abschätzigen Blicken und Gesten, von all den nicht-gesagten Worten in ihren Augen, von denen du wusstest und nach denen du trotzdem nicht fragtest, weil du glaubtest, dass du sie nicht hören wollen würdest, weil es immer die gleichen Worte waren, weil sie das waren, an das du nun immerzu denkst, wenn das Schreien kommt, wenn das Beben und die

Tränen kommen, wenn du fremde Frauen küsst und dein Herz dabei so still ist, dass du es kaum erträgst, wenn du trinkst, wenn du rennst, wenn du kotzt, wenn du träumst, wenn du an sie denkst, wenn du dich an all das erinnerst, an all die Monate, in denen sie alles war, dein Leben, deine Liebe, dein Verstand, dein armer Verstand, dein Herz, tick tack.

Wenn du daran denkst, dass du heute noch immer ohne sie kaum atmen kannst, nicht mehr richtig funktionierst, nicht mehr richtig gehen kannst, nicht mehr trinken kannst, um zu vergessen, nicht mehr vergisst, um trinken zu können, nicht mehr heulen kannst, ohne eine Ahnung davon zu haben, dass es vielleicht nie wieder aufhört. Du denkst daran, wenn du wieder nichts essen kannst, wenn dein müder Kopf in einem hellerleuchteten Supermarkt durch die Gänge schleicht und sich nicht entscheiden kann, sich für gar nichts mehr entscheiden kann, nicht richtig wach ist und niemals wirklich müde, wenn er betäubt in fremde Betten fällt und sich krümmt und sich windet, wenn er fast auseinanderfällt vor Schmerz – dann denkst du daran. An diesen Satz, der immer hinter ihren Augen stand, der alles schal und alles flach, nichts greifbar und nichts begreifbar gemacht hat: Ich liebe dich, Henri, aber ich werde nicht bei dir bleiben.

Du schreibst. Zeile um Zeile um Zeile. Denn du willst dich verabschieden und du kennst doch keinen anderen Weg, als Worte wie ein letztes Winken zu schicken. In deinem ganzen Leben ist dir niemals eingefallen, wie du es anders machen könntest. Du musst aufschreiben, wenn du dich verliebst, und du musst aufschreiben, wenn du gehst.

Wenn es wie jetzt ist – traurig, hoffnungslos, schon am Ende –, dann fehlen sie dir, die Worte. Am Anfang nur, am Anfang stotterst du auf leere Seiten verwirrende Worte, die nicht mal für dich einen Sinn ergeben. Du schreibst etwas von Abschied und streichst es wieder durch, du tippst ein Fünf-Buchstaben-Wort und löschst es sofort. Damit quälst du dich schon dein ganzes Leben lang: mit dem Versuch, all das, was in deinem Kopf ist, auf ein Blatt Papier zu bringen. Oder wenigstens in einer Datei zu speichern, denn das ist ein bisschen einfacher. Das Tippen ist immer noch nicht so schnell wie deine Gedanken, aber es ist immerhin besser, als ständig neue Blätter zur Hand zu nehmen und nach einer halben Seite aufzugeben.

Nach ein paar Tagen (meistens mitten in der Nacht) bist du endlich bereit. Du spürst es an der Klarheit, die sich langsam in deinem Kopf ausbreitet wie eine große Hand, die den Nebel beiseiteschiebt. Du spürst es, als du noch einmal schnell auf ein Bier mit Daniel unterwegs bist, du sitzt neben ihm und weißt plötzlich: Ich muss jetzt nach Hause gehen, ich kann es jetzt schreiben, nur jetzt, jetzt sofort oder wieder niemals.

Du verabschiedest dich schnell von Daniel und läufst nach Hause, rennst beinahe, deine Sneakers federn deinen Schritt, der aussehen muss wie einer von jemandem, der sich sehr beeilen muss. Und genau das tust du: Du beeilst dich. Und im Inneren versuchst du festzuhalten. Versuchst, nach der Hand zu greifen, die den Nebel beiseitegeschoben hat. Die darf nicht wieder verschwinden, es muss jetzt alles sehr schnell gehen, mit aller Kraft hältst du die Hand, hältst du dich beisammen und formulierst schon im Kopf die ersten Zeilen und die letzten. Das ist das Wichtigste: der Anfang und das Ende.

Du schließt die Wohnungstür auf, schmeißt sie hinter dir ins Schloss und setzt dich, noch in Jacke und mit den Schuhen an deinen Füßen, auf dein Bett, auf dem der aufgeklappte Laptop leise surrt. Mit zittrigen Händen öffnest du das Word-Dokument und beginnst zu schreiben. *Flora,* schreibst du, *das hier sind meine letzten Zeilen an dich. Ich schwöre es, ich schwöre es dir, weil ich glaube, dass du eigentlich überhaupt nichts mehr von mir wissen willst, dass es dich graust, wenn du meinen Namen in deinem Mailpostfach liest und denkst: Nicht schon wieder, nicht schon wieder, was will er bloß noch, reicht es ihm denn nicht, dass ich nie antworte, dass ich ihm nie geschrieben habe, dass ich mich unsichtbar mache und er trotzdem immer nach mir greift, so, als könnte er mich am Ende wieder an sich ziehen, dabei will ich nur vergessen, dass es uns überhaupt mal gab.*

Flora, schreibst du, *ich will es auch mir schwören, weil ich die Stille nicht mehr ertrage, die Stille eines Raumes, in den ich hineinrufe und auf Antwort warte, so, als würde sie irgendwann kommen, obschon ich längst weiß, dass sie niemals kommt, dass ich immer nur Gefühle beschreibe, mich beschreibe, alles zerschreibe, was schon zerrissen ist, als könnte ich mit meinen Worten das Band umwickeln, das gerissen ist, als könnte ich mich so wieder für dich schön machen.*
Denn das ist es, was ich doch all die Jahre versucht habe,

was ich noch immer ständig versuche: schön durch meine Worte zu sein. Einen Eindruck zu machen. So einen, bei dem am Ende dann alle sagen: Ach, was für ein schöner Mensch ist der Henri, lies nur mal, was er schreibt, das ist so herzzerreißend, so traurig und zart, was ist der Henri nur für ein toller Mensch.

Getrieben bin ich von der Angst, dass jemand erkennen könnte, wer ich wirklich bin, getrieben bin ich davon, dass ich zu wenig bin, zu langweilig und zu lahm, zu traurig und zu viel, zu anstrengend und zu dämlich. Weil ich überhaupt gar nichts kann außer das: Schreiben. Weil das meine Federn sind, mit denen ich mich vor dir aufplustere, mit denen ich mich schon immer geschmückt habe, weil der Rest so jämmerlich banal ist.

Ich bin nicht besonders attraktiv. Ich bin einen Meter und achtzig Zentimeter groß, ich trage einen Vollbart, weil ich mein Kinn hässlich finde, meine Nase ist zu groß, meine Augen haben unterschiedliche Formen. Ich kann kein Mädchen beeindrucken. Ich bin so gewöhnlich, dass es schon unangenehm ist. Nichts an mir sieht besonders schön, besonders interessant aus. Ich kann unwahrscheinlich hässlich sein, Flora. Du weißt das.

Und ich flüchte vor der Hässlichkeit, ich fürchte mich vor ihr, weil ich doch weiß, dass Menschen lieber mit jemandem schlafen, der attraktiv ist. Und groß und gut gebaut und der sich gesund ernährt und regelmäßig schläft und der keine Augenringe hat und keine spröden Lippen und keine tausend Ängste, die ihn lähmen. Also rede ich. Ich spreche und spreche und ich schreibe und schreibe und hoffe, dass all die Worte mich zu dem machen, was ich sein möchte: unfassbar schön. So schön, dass es egal ist, wie ich morgens aussehe und wie ich rieche, wie ich schmecke nach einer weiteren schlaflosen Nacht. Ich möchte so schön sein, dass der schiefe Zahn oben links egal ist und die unreine Haut, die vom Trinken und von der Schlaflosigkeit kommt. Ich möchte so schön sein, dass du mich auch lieben kannst, wenn ich kotze, wenn ich auf den Boden falle, weil ich nicht aufgepasst habe. Ich möchte so schön sein, dass du mich auch lieben kannst, wenn du mir beim Essen zusiehst und beim Schnarchen, beim Pinkeln und beim Einschlafen. Ich möchte, dass du mich liebst und liebst und liebst und deshalb rede ich so schnell und viel, schreibe dir all diese Dinge, damit du gar keine Zeit hast, genauer hinzusehen, damit du, Flora, am Ende immer sagen kannst: Er ist vielleicht nicht so schön wie all die anderen Jungen in dieser Stadt, aber er ist innen schön und ich liebe seine Geschichten.

Du schreibst all das hektisch, ohne abzusetzen, deine Finger gleiten über die Tastatur und hämmern auf sie ein, deine Fingerspitzen schmerzen schon, aber du lässt jetzt alles raus, du schreibst es jetzt zu Ende, du sagst ihr alles, alles, alles. Du schreibst ihr, wie alleine du dich fühlst, wie ekelhaft und einsam, dass du Angst hast und dich nicht mehr auskennst, dass du manchmal darüber nachdenkst, einfach zu springen (das löschst du schnell wieder), dass du manchmal darüber nachdenkst, einfach endlich die Stadt zu verlassen, weil jede Straßenkreuzung ihren Namen trägt, weil alle Orte versaut sind von Momenten mit ihr, mit euch, mit all dem, was mal war.

Du schreibst ihr, dass das nun wirklich das letzte Mal ist, dass du dich meldest, dass du es jetzt verstanden hast, dass du kapiert hast, dass sie nicht zurückkommt. Dass sie wirklich fort ist und jeden Faden, jede Verbindung abgeschnitten hat. Du schreibst ihr, dass du das akzeptierst und dass das gelogen ist, weil du es natürlich kaum erträgst und sie in einigen (in vielen!) Momenten dafür hasst, dass sie dich einfach so zurücklässt, dass sie einfach gegangen ist, sich davongeschlichen hat, ja, dass sie sich am Ende dann doch ein Leben ohne dich nicht bloß vorstellen, sondern dass sie es auch leben kann, während du dir eigentlich nicht mal vorstellen kannst, auch nur einen Tag ohne sie zu sein. Du schreibst ihr, dass du nun ein Jahr und acht Monate darauf gewartet hast, dass sie zu dir zurückkommt, und dass du nun einsehen musst, dass das wohl niemals passieren wird (du willst ein Fragezeichen dahinter setzen, hältst inne und schaffst einen Punkt). Punkt.

Deine letzten Zeilen:

In den letzten Monaten habe ich in einem niemals endenden Winter gelebt. In einem Wald, in dem es niemals warm, niemals hell, niemals auch nur grau wird. Alles bleibt nur Schnee und Kälte und du ein paar Atemwolken, denen ich hinterhergelaufen bin, bis ich gemerkt habe, dass das mein eigener Atem ist, dem ich folge, und stehen geblieben bin.

Vielleicht wird niemals jemand verstehen, wie verrückt ich dich geliebt habe, wie sehr ich dein müdes Gesicht und deine wachen Augen, dein schiefes Lächeln geliebt habe. Wie es sich angefühlt hat, dich zu berühren, wie es war, wenn du meine Tränen mit deinen Haaren getrocknet hast, wie es geschmeckt hat, wenn du mir dein hochgekochtes Drama vorgesetzt und geschrien hast: Ich hasse dich, Henri, ich hasse dich manchmal so sehr.

Am Schlimmsten ist das Schreien. Dieses Schreien in der Brust und im Kopf und zwischen den Sätzen, die nicht gesagt, und zwischen den Zeilen, die nicht abgeschickt werden. Da ist dieses Schreien, das du nicht herauslässt, weil es die ganze Welt zusammenschreien würde, weil alles Glas zersplittern und alle Ohren bluten würden, wenn du erst einmal damit anfangen würdest. Mit dem Schreien und dem Herauslassen, mit dem Wüten und dem Toben, mit dem Kaputthauen und dem Anzünden. Und mit dem Abschicken, mit dem Abschicken fängst du an.

Winter für immer

Da ist Licht zwischen den Bäumen. Wo Licht ist, ist es ein paar Grad wärmer, manchmal jedenfalls, irgendwann zwischen Mittag und Nachmittag. Da ist Wärme und da sind erste Nächte auf Bordsteinkanten, erste Tage im Park, ein Lächeln auf dem Gesicht der ewig grimmigen Bäckersfrau. Und da bist du.

Du treibst jetzt nicht mehr durch die Nächte, du rennst nicht mehr, du läufst bloß schnell. Du hast mal wieder eine Nacht durchgeschlafen und du schreibst ihr keine Briefe mehr. Du siehst manchmal irgendwen und manchmal auch tagelang niemanden. Deine Hände und dein Herz zittern bei dem Gedanken daran, dass du es vielleicht nicht durchhältst. Dass der nächste Rückfall vielleicht schon auf dich wartet. Dass ein Fetzen Musik, die Andeutung eines Geruchs schon reichen könnten und alles wäre wieder da.

Ich. Damit fängt es an. Mit dem Ich, das ich bin, das an einem Meer steht, im Kopf, im Kopf steht es an einem Meer und sieht den Wellen zu und versucht etwas in der Art zu fühlen, was andere spüren würden, stünden sie hier, an diesem fiktiven Ort in meinem verdammten Kopf.

Ich kneife die Augen zusammen und konzentriere mich, konzentriere mich so gut ich kann, eins, zwei, drei, fühl etwas, Hannes, fühl irgendwas, du musst doch etwas spüren, aber da ist nichts, das ist nur ein Film, den ich mir ansehe, in dem jemand, der aussieht wie ich, an einem Meer steht und eine Stimme befiehlt, jetzt Erleichterung zu spüren und jetzt Freude und Freiheit und dann Cut und danke schön, das war's für heute, ihr könnt nach Hause gehen, Leute. Das Filmteam baut hastig ab, der Protagonist läuft lachend zu einem blonden, hübschen Mädchen, legt den Arm um sie und sagt: Baby, heute Abend feiern wir.

Ich öffne die Augen. Da ist nichts. Und das ist das ganze Problem. Ich bin Hannes, das weiß ich, und ich lebe in einer ziemlich großen Stadt, das weiß ich, und ich bin einmetersechsundneunzig groß, und ich würde gerade alles dafür tun, um nichts davon mehr sein zu müssen – wer weiß, vielleicht würde es grundlegend etwas verändern, hätte ich einen anderen Namen oder wäre zehn Zentimeter kleiner. Natürlich würde es das nicht. Und eigentlich läuft es doch ganz gut für mich. Wenn man »gut« als das Ergebnis nimmt, das sich aus den Faktoren »Frauen« und »Geld« zusammensetzt, dann läuft es so gut, dass ich so glücklich sein müsste, dass es kaum auszuhalten ist. Aber ich bin nicht glücklich, ich habe noch immer Schmerzen oder gar nichts, ich saß heute schon wieder zwei Stunden vor einem Bildschirm, auf dem abwechselnd mein Facebookstream, mein Twitterstream, Youporn, Youjizz und Spotify zu sehen waren und dann natürlich: Das leere Word-Dokument. Ich habe das erste Kapitel. Das ist in der Du-Form und eine einzige peinliche Aneinanderreihung von verbalem Schmerz, den ich auf die Festplatte meines MacBooks gekotzt habe.

Heute bloß zweimal kurz an Lea gedacht. Dabei habe ich versucht zu onanieren (was für eine dumme Selbstverletzung), dann habe ich geweint. Draußen Sommer und drinnen Vermissen, das verträgt sich nicht. Nie und nimmer. Nach solchen Augenblicken nehme ich meistens mein iPhone und schreibe irgendetwas Dummes bei Facebook. Das stelle ich auf »öffentlich« und hoffe, dass sie es liest. Eigentlich ist das gelogen, denn ich hoffe nicht mehr, ich glaube mittlerweile schon. Nichts deutet darauf hin, dass sie es lesen könnte, aber ich weiß nicht, was mich sonst am Leben halten sollte. Sie muss es einfach lesen, sie muss denken, dass ich dieses wilde, gute Leben habe, dass mir immerzu fantastische Dinge passieren und ich so verdammt glücklich bin, so glücklich und so erfolgreich, so viele Frauen, so viele Partys, so viele gute Momente. Es ist, als hinge mein Überleben davon ab, dass Lea das liest. Dass sie liest, dass ich ohne sie zurechtkomme.

Dabei komme ich mit gar nichts zurecht, dabei ist mir so vollkommen und absolut egal, wie viele Menschen den Mist lesen, den ich da schreibe, wie viele darunterschreiben, wie toll sie mich finden oder wie dämlich, wer mich beneidet und wer mich mag, wer an mich denkt und wer mich schon längst vergessen hat – solange *sie* es nur nicht getan hat, solange nur *sie* noch an mich denkt. Denn wenn sie erst einmal damit aufgehört hat, wenn sie erst einmal aufgegeben hat mit dem An-mich-denken, dann weiß ich, dass ich schreiben kann, was ich will, dass ich sagen kann, schreien kann, betteln kann – sie wird nicht zurückkommen.

Jedes Mal zittere ich, wenn ich aus der U-Bahn steige und den kurzen Weg zu der Bar laufe, vor der Pedro und ich uns treffen. Ich zittere schon auf dem Weg zur U-Bahn, ich stolpere die Treppen hinauf, die Playlist für diesen Monat in den Kopfhörern (traurige Lieder, dann Techno, dann noch traurigere Musik, dann der Akku fast leer, fluchen, zittern), und fühle mich beobachtet, fühle, wie sie mich anstarren, sich fragen, ob ich schon betrunken bin. Aber ich bin nüchtern und hungrig, wieder nur Kaffee und Zigaretten, wieder nur Fernsehen und Schlafen. Und ich habe Angst. Ich habe ständig Angst. Vor allem. Ich habe Angst, dass das Büro anruft und mich fragt, wo ich bleibe. Ich habe Angst, dass die Bank anruft und fragt, wann die nächste Rate kommt. Ich habe Angst, dass es an der Tür klingelt und der DHL-Mann dort steht und ich vor ihm, in Boxershorts und mit Atem voller Alkohol und Augen voller Schlaf und mit einem Kopf, so schwer, dass ich kaum ein »Hallo« rausbringe. Ich habe Angst, dass er weiß, dass ich das Haus so gut wie nie verlasse, dass ich nur manchmal nachts aus der Haustür schleiche, zitternd und bebend, taumelnd und orientierungslos, weil ich schon wieder seit einer Woche nicht unter Menschen war, nicht an der Luft, nicht den Mund aufgemacht habe, das Telefon schon wieder seit Tagen im Flugmodus.

Was denkt so einer, der um fünf Uhr früh mit der Arbeit beginnt, über einen wie mich, der in einem guten Stadtteil wohnt, der nicht arbeitslos sein kann, weil sich in diesen guten Stadtteilen alles immer im Kreis dreht: Irgendwann behauptet einer, dass das nun langsam kein schlechter Stadtteil mehr sei (die Cafés, die Werber, die Mütter!) und die Mieten steigen schlagartig, ein untrügliches Zeichen, dass der Stadtteil »gut« ist, und weil er gut ist, wird er noch teurer und weil er immer teurer wird, denken die Menschen, er würde auch immer besser und je besser ... desto unwahrscheinlicher wird es, dass einem eine Gestalt wie ich die Tür aufmacht. Was denkt der Bote über den einen, der in fast jedem Haus vorkommt, der eine, der immer irgendwie zu Hause ist und die Pakete für alle annimmt, ja, gib her, ja, das unterschreibe ich auch, ich unterschreibe alles, nur hau endlich ab, Bote, lass mich allein, ich will nur noch die Tür schließen, damit die Scham vorbei ist, ich will nur noch endlich wieder schlafen.

In der U-Bahn muss ich mich setzen, weil mir die Beine schwach werden und ich das Gefühl habe, keine Kraft mehr für eine einzige weitere Sekunde des Stehens, Gehens, Fortbewegens aus eigener Kraft aufbringen zu können. Ich bin müde und schlaflos, ich bin erschöpft und rastlos. Ich halte es zu Hause nicht mehr aus und ich halte es in mir nicht aus, in diesem Vakuum, in diesem Kreis, in dem ich mich immerzu um mich selbst drehe wie einer, der zwei ist: Einer steht in der Mitte und der andere umkreist ihn, dabei sehen beide gleich aus und schauen sich an, sie starren und sie fluchen, weil sie sprechen und sich nicht verstehen. Dabei müsste bloß mal jemand anhalten und dieser Jemand bin ich, aber wer soll als Erstes stehen bleiben – der eine oder der andere, und was ist, wenn sie beide einer sind, was ist, wenn beide keiner sind, wenn beide blind und taub und dumm sind, wenn keiner mehr irgendwas weiß, wenn ... Mein Kopf lehnt an der Scheibe, ich bin zusammengesackt auf den schmutzigen Sitzen der U-Bahn-Linie 15, ich weiß doch auch nicht, wohin, ich weiß doch auch nicht, wie das alles weitergehen soll.

Die Bahn fährt einen Teil der Strecke unterirdisch und ich schaue mir selber in die Augen, das dunkle Glas spiegelt einen Mann, der mehr Ränder als Augen hat, mehr Wahnsinn als Verstand. Dieser Mann raucht zu viel, trinkt zu viel, dieser Mann lässt jetzt seinen Kopf wieder an die Scheibe sinken, einfach einatmen und ausatmen, Hannes, einfach nur abwarten, bis es aufhört.

Die Fahrt dauert dreiundzwanzig Minuten, ich werde zu spät am Treffpunkt sein, aber das kennt Pedro schon, er weiß, dass ich nie pünktlich bin, er weiß, ich kann nichts dafür, obschon das natürlich Unsinn ist, denn von allen Dingen, die ich gerade nicht kann, ist das in jedem Fall das einzige, wofür ich etwas kann. Aber das Zittern macht mich lahm und gleichzeitig fahrig, ständig vergesse ich etwas, die Geldbörse, den Regenschirm, meine Tasche, meine Jacke, meine Mütze und dann eile ich wieder zurück, die drei Stockwerke hoch, die Tür aufschließen, durch den dunklen Flur zur Garderobe, nach der Mütze greifen, den Schlüssel nicht vergessen, die Tür zuschließen, drei Stockwerke runter, noch größere Erschöpfung, ach Hannes, ach Hannes.

An der Haltestelle gerate ich in ein Gedränge, es ist kurz vor zehn und die halbe Stadt ist auf den Beinen, um mich sind Lachen, Flüstern und laute Unterhaltungen, Alkoholflaschen und Geschrei, ich will mich verstecken und ich will meine Ruhe und zugleich weiß ich um den quälend schnellen Herzschlag, bin ich erst einmal wieder alleine, zugleich weiß ich um die Angst, die noch größer und bedrohlicher wird, wenn sie mit mir alleine sein darf, wenn sie erst einmal versteht, dass ich wieder nicht weglaufen werde, dass sie mich ganz und gar wird einnehmen können, nur du und ich, Liebling, komm schon her, wir zünden alles an.

Die Vorhalle der U-Bahn-Station ist ein Schalltrichter aus Beton und Stein, in der Mitte ein Kiosk, in den ich für gewöhnlich gehe, um Zigaretten und Schnaps zu kaufen, denn das ist es doch, wo es heute enden soll: in einem Kopf, der das Gleichgewicht verloren hat, oben nur blauschwarzer Himmel, unten verschwommene Lichter, in den Ohren irgendeine Musik, egal, völlig egal, und Menschen, Menschen müssen auch da sein (die Angst, das alte Arschloch, kann mich mal), eine Theke, nein, zwei, ein Lächeln oder vielleicht war da auch keines, Müdigkeit, die sich eine Weile wegtrinken lässt, und dann vielleicht tanzen, tanzen, bis ich nichts mehr spüren muss, trinken, bis ich nichts mehr fühlen muss, bewegen, bis ich nichts mehr dabei berühren muss.

Vor dem Gebäude: Menschen. Dazwischen: ich. Jetzt nach links gehen, 300 Meter und dann die Ampel, dann die andere Straße, links abbiegen, dann noch mal links, dann ein paar hundert Meter laufen und stehen bleiben, *Hallo Pedro!*, *Hallo!*, Umarmung, umschauen, ausatmen.

Pedro und ich treffen uns in den letzten Wochen fast jeden Samstag an diesem Ort. Die Bar liegt in einer der Ausgehstraßen der Stadt. Irgendwann in den letzten Jahren eröffneten in der Straße immer mehr Cafés und Bars und die Menschen fanden bald am Abend keinen Platz mehr in den Räumen und sie beschlossen, dass das eigentlich gar nicht so schlimm sei, denn draußen ließ es sich ohnehin viel besser stehen und reden, mit einem Bier vom Kiosk nebenan, mit Zigaretten und ohne Rauchverbot, in großen und in kleinen Gruppen. Also standen sie auf der Straße und saßen auf Bordsteinen und es sprach sich rum, dass das hier für alles ein guter Ort sei, für das Trinken und das Treffen, für scheue Blicke und gelallte Worte, und schon ein Jahr später kamen sie alle hierher und verstopften die Straße, saßen auf der Fahrbahn und vor den Bars und Cafés.

Pedro und ich hatten beschlossen, dass das hier vermutlich der einzige Platz war, an dem wir es aushielten, an dem wir uns treffen und vorbereiten konnten auf die Nacht, auf die dunklen Clubs oder den Nachhauseweg. Es war vorher nie klar, wie es enden würde, ob wir tatsächlich irgendwann tanzen würden und trinken, ob wir vielleicht schon um halb eins nach Hause wanken würden, ob wir jemanden trafen, den wir mochten, ob wir schwiegen oder ob wir miteinander lachen würden. Und so unberechenbar, wie das Publikum an diesem Ort war, so unkalkulierbar waren auch unsere Aufeinandertreffen.

Pedro war das so gleichgültig wie mir, wir hatten schnell bemerkt, was uns verband: dass wir nicht nach Erleben suchten und nicht nach Reizen, sondern dass wir das Verschwinden von all dem suchten, dass wir tranken, um zu vergessen, dass wir lieber mit anderen tranken als alleine, dass wir es alleine gar nicht aushielten, dass wir einander brauchten, um durch die Nächte zu fallen, um uns festzuhalten aneinander, uns zu betäuben. Pedro war kein alter Freund, niemand, den ich schon lange kannte. Und genau das machte ihn zum einzigen Menschen, den ich an meiner Seite ertragen würde. Zumindest für eine Weile. Und: Pedro kannte Lea nicht. Er hatte ihr Auftauchen in meinem Leben so wenig mitbekommen wie ihr Verschwinden, er hatte lediglich die Trümmer gesehen, durch die ich nun watete, und als ich ihn das erste Mal traf, sagte er: Du bist echt im Arsch, Junge.

Pedro war ein Freund eines Bekannten gewesen, der ihn eines Tages einfach mit zu einem unserer seltenen Treffen brachte. Sorry, hatte der Bekannte gesagt, das ist Pedro. Entschuldigung, dass ich nicht Bescheid gesagt habe, aber wir haben uns gerade zufällig getroffen und ich dachte, ihr solltet euch kennenlernen.

Und es stimmte, Pedro und ich sollten uns kennenlernen, und wir wussten beide nicht, warum, aber es war so notwendig wie überraschend, dass das erst jetzt geschah. Denn Pedro war verlassen worden und hatte deshalb verlassen, Pedro wusste alles, er musste nicht viel fragen, er sah mich einfach an und sagte: Du bist echt im Arsch, Junge.

Heute Abend ist ein Abend wie jeder andere. Meine Hände zittern, während ich das Glas entgegennehme, das mir Pedro reicht. »Trink!«, sagt er anstatt »Prost!«, und es klingt, als würde er sofort wissen, dass er es heute sein muss, der mir sagt, was ich tun soll, weil ich es nicht mehr weiß, weil ich aus Krampf und Beton bin, drumherum Stacheldraht, Prost und hoch die Gläser, auf die Liebe und auf die Wahrheit. Pedro lacht:

»Ernsthaft? Immer noch auf die Liebe und auf die Wahrheit? Nach allem. Hannes, ey, es wird Zeit, dass du damit aufhörst.«

»Warum?«

»Weil wir schon seit Wochen auf die Liebe und auf die Wahrheit trinken und ich befürchte, also nimm es mir nicht übel, aber ich befürchte wirklich sehr, dass die beiden sich nicht vertragen. Das funktioniert einfach nicht zusammen«, sagt Pedro und schaut jetzt sehr ernst.

»Erkläre dich.«

»Das erklärt sich aus der Erfahrung, mein lieber Hannes. Wenn wir lieben, müssen wir lügen. Wenn wir geliebt werden wollen, müssen wir belügen. Und wir werden belogen. So funktioniert das. Du kannst nicht zu der Dame sagen, dass sie wirklich ein bisschen dick geworden ist. Oder dass du die Frau, die du gestern lange angesehen hast, am liebsten gevögelt hättest. Du kannst auch nicht deinem Chef sagen, dass du gar nicht krank, sondern verkatert warst. Und du kannst nicht behaupten, dass du jemanden immer und in jeder Sekunde um dich haben willst. Aber das alles machst du, weil du weißt, dass das eben dazugehört. Zur Liebe. Und vielleicht kann man sagen, dass das natürlich Quatsch ist und dass man wirklich mal viel ehrlicher sein könnte und dass dann auch alles besser funktionieren würde, aber diesen Mist glauben auch nur Menschen, die noch nie eine richtige Beziehung hatten.«

»Was ist denn eine richtige Beziehung?«

Pedro zuckt mit den Schultern und bedeutet mir, dass wir uns auf den Bordstein ein paar Meter von der Bar entfernt setzen. Wir finden einen Platz, von dem aus wir die ganze Straße im Blick haben. Und Pedro seufzt. Sein Seufzen ist ein schweres, ein langes, ein müdes. Es ist mir mit den Wochen so vertraut geworden wie sein Geruch, wie seine kurzen schwarzen Haare, der volle Bart, die Sneakers an seinen schlanken Füßen. Alles an ihm ist sehr dünn, nur seine Stimme ist sehr tief und sehr beruhigend.

»Hannes, wir sprechen schon wieder darüber. Eigentlich ertrage ich das kaum noch. Dieses Reden über Liebe, dieses Gequatsche über das, was sie bedeutet oder bedeuten soll, kann oder was weiß ich, dieses theoretische Gerede über etwas, das praktisch immer unmöglicher wird, je mehr man sich in der Theorie damit beschäftigt. Ich habe keine Ahnung, was eine gute Beziehung ist oder was Liebe ist und was nicht. Echt nicht. Aber ich weiß mittlerweile ziemlich gut, was funktioniert und was nicht. Und daran halte ich mich. Du kannst es ja mit der Liebe und der Wahrheit versuchen, ich versuche es mit schönen Lügen und einer guten Zeit.«

Seine Stimme hat einen gereizten Unterton angenommen und ich weiß ja, dass er recht hat. Ich will es nur nicht wahrhaben. Ich will glauben, dass man sich alles sagen kann, dass man alles aussprechen kann, dass nichts verborgen bleiben darf, weil mit dem Verbergen das Schweigen beginnt und mit dem Schweigen das Ende und ich will keine Enden mehr, ich bin all diese Enden so leid, die ganze Stadt ist voller Alles-zu-Ende-Gesichter, ich sehe es den Menschen schon an, wenn sie an mir vorbeilaufen, das verkniffene Gesicht, die gebeugte Haltung, die Hände in den Taschen, die Augen ein bisschen verquollen.

Ich habe mit Mädchen geschlafen, obwohl ich wusste, dass sie Ende-Gesichter hatten, dass sie Ende-Geschichten mit sich herumtrugen, und ich habe es kaum ertragen, ihre

Trauer und ihre Wut, die sich mit meiner vermischten und geteiltes Leid ist nicht halbes Leid, sondern doppeltes, das habe ich in all diesen Nächten gelernt, und es schmerzt doppelt und es tröstet nicht, es sticht nur, und wenn keiner da ist, der Halt gibt, dann schubsen sich beide nur noch weiter an den Abgrund und vielleicht kann man dort ganz gut Händchen halten, vielleicht kann man gemeinsam hineinschauen, aber entscheiden, entscheiden muss man am Ende selbst. Und was ist, wenn einer springt? Ist der andere dann noch kräftig genug, ihn zu bremsen? Ist der andere dann noch stark genug für ein überzeugendes »Es wird schon alles wieder gut«? Und ich kenne die Antwort, ich kenne die Fragen, ich kenne die Müdigkeit und die Verzweiflung und ich weiß, dass keiner hält, was er verspricht, dass keiner aufhält, was er nicht selber ist.

Schweigend sitzen Pedro und ich nebeneinander und beobachten das Treiben um uns herum. Gruppen tauchen auf und verschwinden in den Bars, manche laufen weiter, andere bleiben stehen und sehen sich suchend um. Pedro steht auf und geht zum Kiosk hinüber, um uns Jägermeister und Bier zu kaufen. Ich sitze rauchend auf dem Boden und starre in die Menge, die langsam vor meinen Augen verschwimmt. Halt, denke ich, halt, das stimmt nicht. Hier verschwimmt gar nichts, weil ich konzentriert bin, weil ich – und das ist etwas, das ich Pedro nie gesagt habe und auch sonst niemandem an diesem Ort – immer nur darauf warte, dass sie endlich auftaucht. Und gleichzeitig so furchtbare Angst vor diesem Moment habe, dass ich ständig aufstehen und gehen möchte in dem Wissen, dass ich schon nach wenigen Schritten wieder umkehren wollen würde, weil ich es ja doch nicht ertrage, nicht zu wissen, ob sie vielleicht nicht doch noch hierherkommt, vielleicht wenigstens an uns vorbeigeht, das wäre doch das Mindeste, Lea, dass du hier mal vorbeigehst. Ich weiß, dass sie oft hier war, als sie noch meine Freundin war, als ich noch zu Hause saß und an unserem Ende schrieb. Sie wusste von dem Blog und sie wusste, dass ich ihn begonnen hatte, aber es kümmerte sie nicht, nur eine weitere Idee von Hannes, der sich für einen Schriftsteller hielt und Liebesgeschichten erzählen wollte.

Ich weiß, dass sie es hier mag, dass sie die Atmosphäre mag und das Gefühl, jederzeit gehen zu können, denn das ist es, was ihr wichtig ist: das Gefühl, immer gehen zu können, immer einen Ausgang in der Nähe, immer die Möglichkeit, einfach zu verschwinden. Hätte ich damals natürlich schon ahnen können, dass das nichts Gutes bedeutet, wenn einer immer abhauen will, auch, wenn er es meistens nicht tut. Hätte mir damals schon auffallen müssen, dass das eine ganz bestimmte Art Mensch ist, die es nicht aushält, etwas zu müssen, und wenn es nur das Bleiben ist. Ich hätte verstehen müssen, dass Lea eine der Getriebenen war, denen die Suche mehr bedeutet als das Finden, die aber immer das Gegenteil behaupten, weil die Suche zu Ende wäre, wäre sie schon das Ziel, und im Verdrängen dieses Paradoxons, dieser unerträglichen Wahrheit flüchten sie, sobald es geht, wenn sie sich gerade genug losgerissen haben, um ohne große Schmerzen und Blessuren zu verschwinden. Würden sie auch nur einen Moment länger bleiben, ließe sich nicht leugnen, dass der Moment, in dem eine Suche sich selber Zweck genug ist, sich in ihr Gegenteil verkehrt, zum Ziel wird und sich in sich selber auflöst. Und Lea war natürlich schneller gewesen. Natürlich war sie schon fort, bevor ich überhaupt begreifen konnte, dass ich auf jemanden hereingefallen war, der so tief und lichtlos war wie ein Loch ohne Boden, wie eine Höhle, in der man sich verlief. Und natürlich war ich nicht mehr aus der Sache rausgekommen, bin es bis heute nicht, denn ich sitze ja noch immer auf Bordsteinen und trinke, sitze ja noch immer an Theken und heule, ich bin ja noch immer bei ihr, hab nicht losgelassen, weil ich nicht kann, weil ich den verdammten Weg aus ihr heraus einfach nicht finde, weil ich so sehr auf sie hereingefallen bin, dass es an eine bodenlose Unmöglichkeit grenzt, aus dieser Sache je wieder herauszukommen.

Drei Bier und vier Jägermeister später starre ich noch immer auf den Asphalt und versuche, Pedro zuzuhören, der von seinem Job bei einem Magazin erzählt, bei dem er Redakteur ist. Er hasst den Job und er hasst seinen Textchef, er hasst eigentlich alle und er weiß so gut wie ich, dass sich das bei einem anderen Magazin nicht ändern würde. Was Pedro wirklich hasst, ist, dass er nicht wegkann, dass er nicht einfach nichts machen kann, dass er mal geglaubt hat, große Geschichten schreiben zu können, und nun nur dpa-Meldungen umschreibt und es vermeidet, sein Kürzel danebenzusetzen, damit niemand erfährt, dass diese Artikel von ihm sind, dass er über eine deutsche Schauspielerin und ihre Ehekrise geschrieben hat und über ein Elefantenbaby im Zoo und über noch Banaleres, das er meistens verschweigt. Aber manchmal wird die Wut groß in ihm und dann bricht es aus ihm heraus, dann schimpft und zetert er in einem Monolog, der ihm die Röte in das zarte Gesicht treibt.

Während Pedro schimpft, hebe ich den Blick und suche die Straße nach ihr ab. Hier muss sie doch irgendwo sein, denke ich, mein Gott, mach, dass sie heute endlich hier auftaucht, ich halte es kaum noch aus. Und während ich das denke, trinke ich den letzten Rest aus der kleinen Jägermeisterflasche und muss würgen, weil ich eigentlich genug habe, weil ich jetzt schon nicht mehr will, aber solange der Kopf noch an ist, solange ich noch nach ihr suche, so lange kann ich heute nicht aufhören zu trinken.

»Was würdest du eigentlich machen, wenn sie hier tatsächlich auftauchen würde?«, fragt Pedro plötzlich, und ich kann aus den Augenwinkeln beobachten, wie sich seine Stirn runzelt und er besorgt schaut.

»Ich würde zu ihr gehen und sagen, dass sie eine verdammte Fotze ist, und dann würde ich ihr sagen, wie sehr sie mich verletzt hat und dass sie das Schlimmste ist, das mir je passiert ist und dass ich wünschte, dass sie mir nie begegnet wäre, und dass ich hoffe, dass sie in der Hölle verrottet, dass sie irgendwann jemanden trifft, der ihr das antut, was sie mir angetan hat, und dann würde ich gehen, mich umdrehen und gehen, und mich endlich besser fühlen.«

Pedro lacht. Und ich falle. Weil ich weiß, dass wir beide wissen, dass ich keine Ahnung davon habe, was ich sagen würde, wenn sie vor mir stehen würde. Ich sehe ihn an und nicke. Er weiß, dass ich es nicht weiß, er weiß, dass ich hilflos bin, dass ich zwischen all den Mädchen, die hier stehen und sich unterhalten, die lange Beine haben und schöne Haare, die lächeln oder ernst nicken, die Hintern haben und Zöpfe, dass ich zwischen all diesen Mädchen immer nur Lea

95

suche und mein Blick nur stockt, wenn ein Gesicht mich für einen Moment an ihres erinnert.

»Komm, wir gehen noch in die Gute-Nacht-Bar«, sagt Pedro nach einer Weile. Die »Gute-Nacht-Bar« heißt eigentlich nicht so, aber wir haben es uns zur Gewohnheit gemacht, dort unsere letzten Schnäpse zu trinken, die Köpfe schon auf der Theke, die Augen auf den Busen der schönen Barfrau gerichtet. Sie heißt Marlene und ist achtundzwanzig. Sie studiert, aber will uns nicht verraten, was. Sie lächelt viel und hat schöne Zähne, schöne Grübchen, schöne Haut. Sie sieht so aus, als würde sie tagsüber Brot backen und Marmelade einkochen, als stünden bei ihr frische Blumen auf den Fenstersimsen und dazwischen lägen Zeitungen, die sie alle gelesen hat, denn schlau ist die schöne Marlene auch. Wir sind ein bisschen verliebt in sie (ich eigentlich nicht, Pedro sehr), aber wir sind der Meinung, dass Marlene eines der Mädchen ist, die Jungs wie wir nicht beeindrucken können. Dafür hat sie uns schon zu oft zu traurig und zu betrunken gesehen, zu jämmerlich und ekelhaft. Eine wie Marlene lächelt nur milde über solche wie uns und stellt noch zwei Schnäpse auf die Theke, bevor sie sagt: »Letzte Runde, Jungs.«

Auf dem Weg zur Bar schweigen wir. Ich bemerke, dass wir beide unsicher gehen, schwanken und immer wieder gegeneinanderprallen. Das könnte lustig sein, wenn es mir nicht so jämmerlich vorkäme. Mir ist übel und kalt, ich würde am liebsten in ein Taxi steigen und nach Hause fahren. Aber ich weiß, dass ich es nicht ertrage, schon wieder eine verlorene Nacht hinter mich gebracht zu haben. Wieder eine

Nacht, in der ich auf irgendetwas gehofft habe, auf Linderung vielleicht, auf einen Körper, der meinen nimmt und in sein Bett steckt, der umarmt und aufwärmt und der neben meinem schläft, damit sich die Matratze nicht mehr nach einer felsigen Küste anfühlt, an deren Ränder der Schlaf dann und wann brandet. Ich will nicht mehr in Metaphern denken und nicht mehr in Hoffnungen und Konjunktiven, herrje, ich will endlich nicht mehr so alleine sein, ich will, dass ich nicht mehr einmal die Woche versuche, betrunken zu sein, um nicht in mir selber zu ertrinken, ich will endlich mal wieder richtig schlafen, ich will wieder ans Telefon gehen, ich will aufhören, irgendetwas vom Tag zu erwarten und von der Nacht, ich will gar nichts mehr erwarten und einfach wieder da sein, so da, wie ich es war, bevor sie in mein Leben kam, bevor das Herzrasen lauter als mein Atem wurde und ich ständig das Gefühl hatte, keinen Moment stillsitzen zu können. Ich will umarmt werden und geliebt und ich will all diese einfachen Dinge und ich will, dass all diese komplizierten Dinge verschwinden, ich will sie sehen, ich will, dass sie da ist, dass ich nicht bei jedem Mädchen, das ihr ähnlich sieht, kaum noch Luft bekomme, dass es so ist, wie es jetzt ist, dass ich ihre Schuhe sehe und ihre Strumpfhose und denke, das muss sie sein und hochsehe und … stehen bleibe.

Lea kommt uns entgegen, rechts und links von ihr Menschen, sie starrt auf ihr Telefon und hebt den Blick nicht, ich ersticke, ich ersticke beinahe. Sie läuft an mir vorüber ohne mich wahrzunehmen, und Pedro dreht sich um und sagt: »Hannes? Hallo?«, und ich kann nichts tun, kann nichts sagen, es kann nicht sein, dass es passiert ist, dass es auf diese

Art geschehen ist, dass sie mich nicht einmal wahrgenommen hat, dass ich es aushalten musste, sie zu sehen, ohne dass sie das Gleiche ertragen musste, ohne dass sie auch nur eine Ahnung davon hatte, dass ich da bin, dass ich hier stehe und sie gesehen habe.

Pedro steht nun neben mir und sagt etwas, legt eine Hand auf meine Schulter, die ich heftig abschüttle, und ich spüre, dass ich wegmuss, dass ich sofort gehen muss, und ich laufe los, zwei Meter, acht Meter, in eine Seitenstraße und übergebe mich an eine Hauswand gelehnt.

Ich wache vom Vibrieren des Telefons auf dem Holzboden auf. Fahles Licht und kalter Rauch im Zimmer. Ohne zu begreifen, wo ich bin und wie spät es ist, greife ich nach dem Telefon und die Erinnerung ist wieder da, alles sofort und total, dreitausend Watt in meinem Kopf, der schmerzt und pocht: Lea.

»Guten Morgen, Hannes. Ich glaube, es wäre besser, wenn wir erst einmal keinen Kontakt hätten. Mir tut das auch weh, aber ich glaube, wir sind noch nicht bereit. Bleib stark, ich versuche es auch. Bis dann.«

Ich lese die Nachricht noch einmal und immer wieder. Immer wieder, immer wieder. Mir ist übel und kalt, es ist, als stünde ich noch immer auf dieser Straße und sehe, wie sie immer und immer wieder an mir vorbeigeht. Ich sehe mich, wie ich mich erbreche, wie ich würge und spucke und panisch werde, weil das Würgen nicht weniger wird. Ich spüre den kalten Schweiß auf meiner Stirn und dann eine kalte

Hand in meinem Nacken. Ich höre Pedro und seine Stimme, die leise murmelt. Ich höre, wie er sagt: »Ruhig, Hannes, es wird gleich besser, alles ist gut, alles ist gut.« Ich übergebe mich noch zweimal, dann tropft nur noch Galle auf den Asphalt und ich fühle mich schlagartig besser. Ich richte mich auf und sehe Pedros Gesicht im Licht der Laterne, sehe, wie er die Stirn runzelt und fragt, ob es jetzt besser sei. Ich nicke und wische mir den Mund mit dem Taschentuch ab, das er mir reicht.

»Sie ist an uns vorbeigelaufen«, sage ich und dann kommen die Tränen. Pedro sieht mich verständnislos an, fragt ungläubig: »Bist du dir sicher?«, und ich nicke. Ja. Ja, Lea, das war sie.

Ich lese die Nachricht noch einmal, jedes einzelne Wort, die dritte Nachricht seit gestern Nacht von ihr.

Und ich erinnere mich.
Ich erinnere mich daran, dass ich Pedro überrede, in die Bar zu gehen. Ja ja, es geht schon, noch eine Cola, noch ein Schnaps, das macht der Magen mit, ich weiß es. In der Bar bestellt Pedro mir Cola und sich einen Wodka, wir setzen uns an die Theke und ich greife nach dem Telefon in meiner Tasche, ich schreibe ihr, Pedro starrt mich an, schüttelt den Kopf, nein, sagt er, nein, mach das nicht, Hannes, das ist ein Fehler, du hast es jetzt schon so lange geschafft, du darfst jetzt nicht aufgeben. Und ich wehre die Hand ab, die nach meinem Telefon greift, ich schreibe ihr, dass sie an mir vorbeigelaufen sei, dass sie mich nicht gesehen habe, dass ich sie sehen will, jetzt, jetzt sofort.

Und ich erinnere mich.

Ich erinnere mich an das Vibrieren des Telefons und an meinen Herzschlag und an die Bewusstlosigkeit, mit der ich auf das Display starre, auf dem die Nachricht schon angezeigt wird. Ich erinnere mich an »Ja, und?« und daran, dass ich nicht glauben kann, dass das alles ist, dass das ihre Worte für mich sind, dass das gerade passiert, ich will, dass alles ganz anders ist, dass keine Nachricht angekommen ist und kein »Ja, und?«, sondern ein Anruf, ein »Wo bist du? Ich komme sofort!«, etwas, das dem hier so viel angemessener ist als das. Meine Hände zittern und mir ist schwindelig, die Cola reicht nicht, um meinen Kreislauf zu stabilisieren, Pedro greift nach dem Telefon und reißt es mir aus der Hand, mit strengem Blick sagt er: »Es reicht jetzt, ich bringe dich nach Hause, das führt doch zu nichts.«

Und ich erinnere mich.

An mein Flehen, mir das Telefon zurückzugeben, an die Wut, die Wut eines Kindes, das immer zorniger wird, »Gib mir mein Telefon, bitte«, sage ich und dann: »Gib mir sofort das scheiß Telefon!« Irgendwann gibt Pedro nach und legt das Telefon auf den Tresen, ich greife gierig danach, ich muss ihr schreiben, bevor es zu spät ist, bevor sie vielleicht schon nach Hause geht, ich muss sie sehen, um alles in der Welt, ich muss sie sehen. »Wo bist du?«, schreibe ich und drücke auf »Senden« und schreibe gleich noch mal: »Ich möchte dich bitte sehen, wir sind so nah beieinander, es sind bestimmt nicht mal hundert Meter, ich sitze in der Gute-Nacht-Bar, lass uns doch eine Zigarette rauchen? :)«, senden, zittern, ich sehe, dass sie etwas schreibt, drei Punkte erscheinen und ich starre auf das Display, bitte, denke ich, bitte,

bitte, bitte, und weiß nicht mal, worum ich bitte, und die Punkte verschwinden und ich warte und warte und warte und dann vibriert es und ich lese ihre Nachricht.

Und ich erinnere mich.

An das Gefühl des Fallens, an eine Enttäuschung so groß wie ein Meer, an den Gedanken, dass es sich genauso anfühlt, dass es genauso ist: wie eine Welle, wie das Ertrinken in sich selber, in all den idiotischen Gedanken, in dieser irren Hoffnung, dass sich ändern könnte, was nie anders war. Ich drücke Pedro das Telefon in die Hand und stehe auf, wanke zur Toilette und lehne meinen Kopf an die kalten Fliesen, die nicht kühl genug sind für das Brennen, das sich in mir ausbreitet. »Keine gute Idee. Ich bin betrunken und nicht allein«, stand dort, ich sehe jedes einzelne Wort, jeden Buchstaben vor mir. Keine.Gute.Idee. Ich schlage mit der Faust gegen die Fliesen und finde mich lächerlich dabei, aber es ist mir gleichgültig, so gleichgültig, ob ich jämmerlich bin oder elegant in meinem Kummer und meinem Schmerz, denn all das ist nicht schön und nicht hübsch anzusehen, es ist brutal und jeder weiß das, ein gebrochenes Herz macht aus jedem einen Vollidioten, macht doch jeden zu einem heulenden Wrack, das gegen die Fliesen einer Bar-Toilette schlägt und dann gegen die Wand gepresst murmelt, dass es so nicht sein darf. Natürlich kann ich es nicht anders oder besser, natürlich kann ich in diesem Moment nur heulen wie ein Idiot und in meine Hände schreien, dass ich sie hasse, dass ich sie so sehr hasse dafür, dass ich es kaum aushalte, dass ich nicht fassen kann, was für ein böser Mensch sie ist, wie gemein und ekelhaft, wie grausam und gehässig. Natürlich bin ich armselig, natürlich bin ich

so verzweifelt wie jemand nun mal ist, der um 3:32h, nach
Monaten des Wartens, eine Nachricht geschickt bekommt,
die ein einziges großes

FUCK YOU, HANNES.
FUCK YOU, HANNES.
FUCK YOU, HANNES.
FUCK YOU, HANNES.
FUCK YOU, HANNES.
FUCK YOU, HANNES.
FUCK YOU, HANNES.
FUCK YOU, HANNES.
FUCK YOU, HANNES.
FUCK YOU, HANNES.
FUCK YOU, HANNES.
FUCK YOU, HANNES.
FUCK YOU, HANNES.
FUCK YOU, HANNES.
FUCK YOU, HANNES.
FUCK YOU, HANNES.
FUCK YOU, HANNES.
FUCK YOU, HANNES.
FUCK YOU, HANNES.
FUCK YOU, HANNES.
FUCK YOU, HANNES.
FUCK YOU, HANNES.
FUCK YOU, HANNES.
FUCK YOU, HANNES.

ist, ein höhnisches Lachen in der Leere meines Vakuums, in
der Hölle, die eine Toilette ist, eine Samstagnacht, keine Lin-

derung, keine Betäubung, nur noch Kopf an der Wand und atmen und hoffen, dass es irgendwann vorbeigeht, irgendwann besser, irgendwann einfacher, leichter, bis es schließlich endlich, endlich, endlich aufhört.

–

Und wieder von vorne. Ich kann das, ich werde immer besser darin. Wieder die Strichliste an der Wand:

Du rufst sie NICHT an, Hannes!

~~IIII IIII~~ I

Ich versuche mich an einer E-Mail und lösche alles wieder. Ich besuche Julika, die ich schon sehr lange nicht gesehen habe. Wir trinken Kaffee und ich will über Lea reden. Julika kennt Lea. Julika sagt: »Hannes, ich verstehe sie auch nicht, ich weiß nicht, was ich dazu sagen soll.« Sie sieht genervt aus und blickt dabei auf ihre Hände, die verkrampft in ihrem Schoß liegen. Ich versuche, das Gesprächsthema zu wechseln, und erschrecke mich bei dem Gedanken, dass mir nichts anderes einfällt. Meine Welt hat sich zusammengezogen auf ein paar Zentimeter. Früher haben mich doch mal Dinge interessiert. Was interessiert mich jetzt noch?

Ich nehme die Tabletten, die mir der Arzt verschrieben hat. 20 mg zum Frühstück. Mir ist den ganzen Tag übel und mein Kopf schmerzt. Trotzdem bin ich in den Park gegangen und habe versucht, die Sonne zu genießen. So machen es doch die anderen auch – etwas *genießen*. Zu Hause habe ich einen Plan gemacht. Ich weiß nicht, wie viele Pläne ich in den letzten sechs Monaten gemacht habe und wie viele ich irgendwann wütend zerknüllt und weggeworfen habe. Aber dieses Mal muss es klappen.

Der Plan:
Blog schreiben/dreimal die Woche Sport/kein Alkohol/ Reise vorbereiten

—

Ich habe Angst, ich schaffe es die meisten Tage nicht einmal, das Haus zu verlassen. Jeder Einkauf ist eine Qual, jeder Tag anstrengend. Die Tabletten sollen in zwei Wochen wirken. Ich halte mich daran fest und an den seltenen Treffen mit Freunden, von denen ich kaum noch welche habe. Dafür eine Menge neuer Bekanntschaften, weil ich trotzdem trinke und trotzdem tanzen gehe und meinen Plan von der Wand gerissen habe, gestern Nacht, voller Wut und so einsam, dass ich auf dem Teppich geschlafen habe. Ich weiß nicht, was das eine mit dem anderen zu tun hat, aber irgendwie fühlt sich die Einsamkeit ein bisschen weniger schlimm an, wenn ich auf dem Boden liege und die Autos vor dem Fenster höre und auf den Schlaf warte.

—

Ich habe es wirklich versucht. Habe versucht, mich darauf einzulassen. Ich wusste ja, dass das nicht funktioniert, ich wusste ja, dass das alles nur noch schlimmer macht. Aber sie sah so hübsch aus, so weich und so freundlich, und ich war sehr einsam, wie immer, ich war sehr verloren, wie immer, und ich war erregt, als sie ihre Hand in meinen Nacken legte, und das war nicht wie immer, das fühlte sich an, als hätte die Erregung plötzlich wieder Raum, als sei sie nicht nur körperlich wie in den letzten Monaten, sondern auch im Kopf und im Bauch und ich habe sie gegen die Wand gedrückt und sie stöhnte in mein Ohr und ich wusste, dass ich es kann, dass ich es dieses Mal durchziehen kann.

Wir haben ein Taxi genommen und sind zu ihr gefahren, zehn Minuten und unsere Hände lagen nebeneinander, ich traute mich kaum, sie anzusehen, nicht aus Angst, dass sie mich vielleicht plötzlich nicht mehr wollen könnte, sondern aus Angst, dass ich es sein könnte, der nicht mehr will. Das Taxi hielt vor einem schönen Altbau in einer Gegend, in der ich noch nie gewesen war, und ich zahlte schnell, während sie schon ausstieg, und als ich sie da so stehen sah im Morgengrauen, wünschte ich mir nichts mehr, als dass sie es sein könnte, die ich begehrte und dass es nicht nur das Begehren an sich war, das Wollen, das es-sich-selber-Beweisen. Sie schloss nervös die Haustür auf, ihre Hände zitterten und sie sagte kein Wort und dann steigen wir die Treppen hinauf bis in den dritten Stock und sie schloss die Wohnungstür auf, drehte sich um und lächelte.

Ihr WG-Zimmer lag am Ende des Flurs und auf dem Weg dorthin zeigte sie mir das Bad und die Küche und ich fühlte mich an ein Hotel erinnert, in dem der Portier die Räumlichkeiten erklärt, hier das Bad, dort die Minibar, die Rezeption erreichen Sie unter der 01. Und ein bisschen ist es doch auch so, dieses Besuchen von fremden Betten in fremden

Wohnungen, dieses Gastsein im Universum eines anderen, eines Fremden für eine Nacht. Das alles ist beinahe geschäftlich, einer Abmachung gleich: Das hier ist mein Körper, das sind die Räume, die du betreten darfst, mein Bett, ein kurzer Blick auf ein paar persönliche Gegenstände, die Ahnung dessen, was ich alles sein könnte, aber jetzt nicht bin, denn jetzt geht es nur um eine klar definierte Sache und die sieht so aus:

Sie zog mich auf ihr Bett und ich fragte mich, wie oft sie jemanden wie mich mit zu sich nahm, und im gleichen Moment schämte ich mich für diesen Gedanken, in all seiner Banalität war er zudem unverschämt, wertend, eine leise Unterstellung. Es war doch nun wirklich egal. Das war es doch: Es war doch alles so egal.

Aber weiter:

Wir küssten uns.

Ich zog sie gierig aus, küsste ihren Hals, sie stöhnte, ich zerrte am Reißverschluss ihres Rockes, schob ihn dann einfach hoch, riss die Strumpfhose und ihr Höschen hinunter und drang mit meinem Finger in sie ein. Sie wand sich und lächelte dabei und ich fand dieses Lächeln ganz bezaubernd und bewegte meinen Finger in ihr, öffnete mit der anderen Hand meine Jeans, sie hielt inne und ich fragte sie nach einem Kondom, das sie aus der Nachttischschublade kramte, und dann vögelten wir, noch halb angezogen, noch halb betrunken, und ich kam in ihr und fühlte mich zum ersten Mal seit Monaten erleichtert, unendlich erleichtert – wenn auch bloß für ein paar Sekunden.

Wir schliefen händchenhaltend ein und als ich ein paar Stunden später neben ihr aufwachte, ihr leises Schnarchen hörte, mich anzog und die Wohnung verließ, wusste ich, dass vielleicht doch irgendwann alles wieder gut sein könnte, dass ich vielleicht doch irgendwann wieder jemanden mögen könnte. Lieben bestimmt nicht, lieben würde ich nie wieder jemanden, aber vielleicht musste ich nicht bis zum Ende meiner Tage in diesem dunklen Kellerloch vegetieren, das mein Leben geworden war. Vielleicht warteten da draußen noch andere, noch andere Münder und Köpfe, die Erleichterung bringen würden. Von was auch immer und wie auch immer und vielleicht immer wieder das Gleiche, vielleicht nur Illusion und Pathos, das bisschen Drama, damit es sich gerade echt genug anfühlen würde.

–

Noch eine Woche. Ich habe ihr heute geschrieben, dass ich meine Sachen wiederhaben möchte. Ich kam mir sehr stark dabei vor. Die Nacht wirkt noch, das Gefühl, es trotzdem und irgendwie ohne Lea zu schaffen.

–

Heute kam das Paket mit meinen Sachen an. Ein Pullover, zwei T-Shirts, vier Bücher, ein Deo, ein Rasierer, ein paar CDs. Dazu eine Karte: *Wie merkwürdig, dir all das per Post zu schicken. Ich habe an dich gedacht, aber wusste nicht, ob es schon an der Zeit ist, mich zu melden. Vielleicht sehen wir uns ja irgendwann mal wieder. Vielleicht. Mach's gut, Lea.*

Ich habe alles weggeworfen, die Kleidung, die CDs, die Karte. Fick dich, Lea, fick dich und deine Karte, deine Worte, dein »vielleicht«.

Danach Wodka mit Pedro, auf dem Nachhauseweg beinahe in ihre Straße abgebogen. Ein lächerlicher Plan: Bei ihr klingeln, und dann? Ich weiß immer weniger, was ich ihr sagen könnte, was ich noch nicht gesagt habe, was es noch zu fragen oder zu tun gäbe. Und diese Erkenntnis bedeutet Leere und bedeutet Fall und bedeutet, dass ich sie vielleicht auch festhalte, weil ich nicht weiß, was nach ihr kommen soll. Ach, Lea, Lea, Lea.

—

Wie ein Idiot stand ich vor ihrer Tür. Zwanzig Minuten Rauschen im Kopf, dann Klingeln, dann nichts. Dabei sah ich das Licht in ihrem Fenster. Und wenn man nicht zurückkann, macht man eben einfach weiter. Das ist ein Naturgesetz. Zumindest für besoffene Kerle wie mich, die nachts an der Haustür eines Mädchens klingeln, das sie verlassen hat. Mach schon auf, lallte ich flüsternd, mach schon auf. Ich hätte gerne geschrien, das wäre mir angemessen pathetisch vorgekommen. Aber dafür reichte der Rausch nicht, dafür reichte es nie. Die Kontrolle verliere ich kontrolliert, das letzte Bisschen lasse ich nie los. Also mache ich Dummheiten wie diese, aber ich gehe nicht so weit, sie komplett auszureizen. Ich klingle, ich bettle, aber ich schreie nicht.

Und ich klingelte noch mal. Scheiß drauf, Lea, scheiß drauf. Ich klingelte und ich klingelte und irgendwann ging der

Summer und ich rannte die Stufen hoch, ich rannte und mir war kotzübel, was hatte ich hier verloren, was sollte ich denn sagen, wer würde denn da stehen, »Oh, hallo Lea«, sagte ich, und lachte dabei, als ich sie im Türrahmen stehen sah, oh hey na, wie geht's, so, als würde das jeden Tag vorkommen, so, als wäre das nicht alles schon schlimm genug.

»Du.« Sagte sie, als habe sie mit mir gerechnet. Bloß: Du. Ihr Gesicht blieb völlig ausdruckslos, sie tat einfach: nichts. Ich stand vor ihr und sagte: Ja, ich. Und dann wusste ich nicht weiter. So standen wir eine Weile voreinander und Lea sah mich stumm an, während ich leicht taumelte, ein Schiff in Seenot, ein Mensch, der gerade nüchtern wird und versteht, dass er gerade etwas ganz, ganz Dummes getan hat. Irgendwann schüttelte sie den Kopf, kniff die Lippen zusammen, drehte sich um und schloss die Tür. Das Licht im Treppenhaus erlosch und ich stand da, ich stand da und dann ging ich, ich ging nach Hause und ich legte mich ins Bett und schlief sofort ein. Denn das ist, wie diese Geschichten enden: keine dramatischen Szenen, kein Applaus, kein letzter Akt. Keiner verbeugt sich, keiner gewinnt etwas. Am Ende liegt man nur im Bett und schläft ein. So, wie man es all die Jahre getan hat, und so, wie man es noch sehr lange tun wird. Mit etwas Glück, das eigentlich nur Pech ist.

Nicht nichts

Natürlich. Nicht. Natürlich habe ich nicht geglaubt, dass das mit uns etwas werden könnte. Vielleicht einen kurzen Moment lang. Als ich dich in der Küche gesehen habe. Wie du geraucht hast, deine Augen auf die Decke gerichtet. Ich bin deinem Blick gefolgt und konnte dort rein gar nichts erkennen. Da war einfach nichts außer einer vergilbten Decke, an der sich die Rauchschwaden sammelten. Vielleicht hast du ja genau die beobachtet. Das würde zu dir passen. Dass du dich stundenlang mit so etwas wie Rauchschwaden beschäftigen kannst. Leider habe ich nie herausgefunden, ob du dich manchmal so verrückt entrückt benimmst, weil du hoffst, dass dir jemand dabei zuschaut. Oder ob du dich tatsächlich ständig in Geistern und Schwaden, in Wolken und im Boden verlierst.

Ich habe mich neben dich gestellt und darauf gehofft, dass du zu mir schauen würdest. Dass ich vielleicht deine Wolken oder dein Boden sein kann. Dass sich dein Blick auf mich setzt und du lächeln würdest und so etwas sagst wie: »Oh«. So hatte ich mir das immer vorgestellt. Aber du warst viel zu beschäftigt damit, nicht da zu sein, so dass mir nichts anderes übrig blieb, als irgendwann selber »oh« zu sagen. Du drehtest deinen Kopf nicht sofort, und ich dachte schon, du hättest mich gar nicht gehört, aber dann sahst du plötzlich auf und mich an. »Oh?«, fragtest du und ich nickte. Du nicktest auch und dann schwiegen wir.

Ich versuche, die Ereignisse, die dann folgten, chronologisch zu erzählen. Denn mir ist daran gelegen, dass jeder mich versteht. Das war schon immer so. Ich ertrage den Gedanken nicht, dass ich alleine mit meinen Gedanken sein könnte, verstehst du?

Wir haben an diesem Abend Ende April in Christians Küche gestanden. Er hatte vorher niemandem gesagt, dass du kommen würdest. Aber als du da warst, wussten alle gleich, wer du bist. Der Sänger. Der mit dem Plattenvertrag. Der, der das geschafft hatte, wovon wir nur lakonisch und betrunken (nie eines von beidem, immer beides gleichzeitig) erzählten: *Eines Tages wird das was mit der Band, wirklich.*

Du hattest es einfach getan und warst deshalb keiner mehr von uns. Du mit deinen braunen Augen und deinen Locken und deinem Blick, der immer zwischen scheel und melancholisch, zwischen Unverständnis und Melancholie hin und her wechselte. Vielleicht hast du aber auch immer gleich geschaut und ich konnte deinen Blick nur je nach Stimmung anders spüren. So, wie dich. Ich habe dich niemals richtig gesehen, sondern immer nur gespürt. Das ist natürlich kitschiger Unsinn. Vielleicht meine ich damit, dass am Ende immer mein Herzschlag, mein flatternder, wilder Herzschlag so viel präsenter war als du selbst. Dass ich *mich* durch deine Anwesenheit gespürt habe.

Unschlüssig stand ich neben dir, gefangen zwischen der verschämten Angst, du könntest merken, wie sehr ich dich begehrte, und der Lust auf dich, auf deine Nähe, auf das Aufflammen meines Körpers, wenn seine Oberfläche auf deine traf, was geschah, als ich mich entschied, ein Stück an dich heranzurutschen. Wir standen beide an die Küchenzeile gelehnt, die sich rechts im Raum befand, umringt von all diesen Menschen, die mir fast alle bekannt waren, für die ich aber gänzlich blind wurde, als ich dir plötzlich so nah war.

Es ist lächerlich, ich weiß, aber ich fühlte mich dir verbunden. Wir waren exakt gleich groß, hatten die gleichen wilden Augen (deine braun, meine blau), die gleichen ausgezehrten Gesichter, die vollen Lippen, die markante Nase. Aber das waren nur Äußerlichkeiten, denn was uns wirklich verband – glaubte ich –, waren diese melancholische Gleichgültigkeit, die vorgespielte Angst, Hemmungen, die nur der Tarnung dienten.

Nach einer Weile, die wir noch immer stumm nebeneinanderstanden, stießt du dich sachte ab, stelltest dein Bier auf den Küchentisch vor uns, von dem aus dich große Augen anstarrten, die an Mädchen dran waren, die dich schon beobachtet hatten, als wir noch so still nebeneinandergestanden hatten. Ich hatte ihre Blicke gesehen: neugierige, nein, gierige Blicke, nach deiner Aufmerksamkeit heischende, vor allem aber eitle. Die Blicke von Mädchen, denen du eine Trophäe gewesen wärst, eine Geschichte, die sie am nächsten Tag erzählen würden oder noch in der Nacht, eilig in ihre Telefone getippt, *du glaubst ja nicht, mit wem ich ge-*

schlafen habe, oder etwas ähnlich Profanes stünde dann dort, *stell dir vor: mit dem Musiker!*

Natürlich hasste ich sie alle, diese dämlichen Mädchen mit ihren niedlichen Vornamen, die immer Lea oder Lena hießen, Lisa oder Marie oder Katharina oder Greta. Die mit ihren Jutebeuteln und langweiligen Leben, die sie allesamt für so schrecklich interessant hielten, dass sie einen Blog darüber schrieben oder einen Tumblr anlegten, und sich selbst ständig fotografierten und sich die ZEIT so unter den Arm klemmten, dass jeder sofort erkennen konnte, dass es sich um eben jene handelte. Ich hasste ihre Lehramtsstudiengänge und ihre Trägheit, ihr aufgesetztes Wollen, das am Ende immer nur Eitelkeit blieb, das ewige Kreisen um sich selbst. Ich wusste ganz genau: Eigentlich war ihnen alles egal, eigentlich kauten sie nur unablässig auf ihren Haarsträhnen und alten Gedanken, die sie als neue, als ihre ausgaben. Und ich war eine von ihnen.

Das versuchte ich zu verstecken, aber ich fürchte, es gelang mir nicht sehr gut. Ich versuchte mich im Schreiben und gab doch immer wieder nach spätestens drei Seiten auf. Ich spielte halbherzig ein paar Lieder auf der alten Gitarre meines Vaters und war mir sicher, dass ich einen der »Songs«, die natürlich allesamt mich und mein trauriges Leben als Mittelstandsmädchen mit gebrochenem Herzen und Dispokredit zum Thema hatten, aufnehmen und veröffentlichen würde. Wenn ich dann vor meinem MacBook saß, verließ mich regelmäßig die Lust daran, erst alles aufwendig zu schneiden, um es dann irgendwo hochzuladen. Manchmal ging ich ins Museum, aber eigentlich nur, um bei Facebook im »Museum für Kunst und Gegenwart« einzuchecken. Es war jämmerlich.

Und trotzdem: Ich sehnte mich nach einem Jungen, dessen Hand ich halten konnte, ohne dass mich seine verschwitzten Finger nervten. Ich sehnte mich nach einem, der meine ganzen dunklen Geheimnisse unter der Bettdecke erfuhr, während es draußen regnete und in seinem Zimmer kein Licht brannte. Nur er, ich und ein paar Tränen. Wirklich: Genau danach sehnte ich mich. Im Grunde wünschte ich mir aber wohl nur das, was sich auch die Mädchen am Tisch wünschten, die Sebastian gerade anstarrten: einen, den man den anderen zeigen konnte und dessen Gegenwart und Liebe diese eine große Aussage traf – schaut mal, wenn mich SO einer mag, dann bin ich liebenswert.

Du hast die Küche verlassen und ich habe dagestanden und mich gefragt, was ich nun tun soll. Ich hatte ja schon etwas gesagt, ich hatte doch schon »den ersten Schritt« gemacht, wie man so sagt. Aber natürlich bin ich dir nach ein paar Minuten gefolgt. Natürlich habe ich die Räume abgesucht nach dir. Natürlich habe ich dich auf dem Balkon gefunden. Und natürlich warst du alleine. Das ist in den Filmen so und in diesen ganz seltenen Momenten, die sich so anfühlen. Wie das, was wir in den Kinos dieser Welt sehen, auf den Bildschirmen der Laptops, die wir auf unseren Knien balancieren. Und nie sagt jemand auf der Leinwand: Das ist ja wie im echten Leben. Weil die Filme uns nämlich nur die Essenz eines eigentlich reizarmen Lebens zeigen, alle Gefühle komprimiert und aneinandergeschnitten. Und obschon wir all das wissen, laufen wir doch immerzu genau jenen Momenten hinterher. Als würden wir ständig vergessen, dass das die Ausnahmen sind. Die wenigen, seltenen Ausnahmen. Und ich wollte, dass ich ebenso deine Ausnahme bin wie du meine.

Die Balkontür stand weit offen, die Party hatte sich bereits geleert, ich beachtete die anderen kaum, die mich grüßten oder lächelten, ich sah bloß deinen Rücken und das Aufglimmen deiner Zigarette im Nebel dieser Aprilnacht und ich trat zu dir hinaus und stellte mich neben dich. Du schautest dich nicht um, sahst mich nicht einmal an. Schweigend standen wir nebeneinander und ich hoffte, dass du meinen Herzschlag nicht hören würdest, den zu schnellen Atem, das Kratzen meiner Fingernägel, die über die Fasern meiner Baumwollstrumpfhose hoch und runter glitten.

Das Problem ist, dass mein Körper keine richtige äußere Hülle besitzt. Ich glaube an anderen Menschen zu bemerken, dass sie eine Art Schutzumschlag um sich tragen, etwas, das sich nicht mit Worten umschreiben lässt, das man aber spüren kann, wenn man ihnen zusieht, wenn man ihnen widerspricht oder sie angreift, wenn sie Angst haben, sich unter Druck gesetzt fühlen. Sie richten sich dann ein wenig auf, machen sich ein bisschen gerader und etwas verändert sich in der Luft um sie, ein kaum spürbarer Umschwung, der mich zurückschrecken lässt, mich bremst in meinem Zorn, in meiner Wut, mit all meinen Vorwürfen. Sie schützen sich, »lassen die Dinge nicht so an sich heran«, sie weigern sich ganz einfach, dass etwas zu ihnen durchdringt, dem sie nicht erlaubt haben, in sie einzudringen. Ich habe diese Schutzschicht nicht, in mich dringt alles ein, jedes Gefühl, jedes Wort, jede Wetterlage berührt mich und dann beginnen die Kopfschmerzen und das Gefühl, alles erbrechen zu müssen, weil ich zu satt bin, zu überfressen von Eindrücken und Reizen.

Und als ich so neben dir auf diesem Balkon stehe, da spüre ich jeden deiner Gedanken, das Flimmern zwischen uns, von dem ich mir nie wirklich sicher bin, ob es ein Sinneseindruck oder eine -täuschung ist, ob ich vielleicht so durstig und gierig nach etwas bin, das mich endlich den scheinbar niemals so recht verschwinden wollenden Stein in meinem Hals hinunterschlucken lässt; ob ich einer Verdurstenden gleich auf eine Sinnestäuschung hereinfalle, mich in eine flimmernde Fata Morgana stürze, die ich dann als »Verbindung« zwischen uns wahrnehme. Ich gehe einen fast unsichtbaren Schritt näher an dich heran, bewege dabei meine Füße kaum, aber meinen Oberkörper, der sich zu deinem neigt, bis er deine linke Schulter berührt.

»Du bist Nadine«, sagst du und rückst ein winziges Stück von mir fort. Die Stelle an meinem Oberarm, der kurz zuvor noch deinen berührt hat, erkaltet augenblicklich. Dafür wird etwas anderes in mir warm, ein Brennen im Bauch, als du meinen Namen aussprichst. »Du bist Sebastian«, antworte ich schnell, die Verlegenheit überrennend, damit du nicht bemerkst, wie sehr es mich rührt, dass du meinen Namen kennst.

»Hast du dich mal gefragt, was diese ganzen Menschen hier eigentlich machen? Also: Warum gehen sie auf diese Partys, bei denen nur Menschen sind, die sie sowieso schon kennen?

Und dann stehen sie da den ganzen Abend herum und versuchen, gut auszusehen.«

»Gleichgültig«, sage ich leise.

»Was?«

»Sie versuchen nicht gut auszusehen, sondern gleichgültig.«

Du lachst und im Lachen wendest du dich mir endlich zu. Drehst dich zu mir und betrachtest mich.

»Gleichgültig, ja«, sagst du und nickst. »Ich verstehe es nicht. Ich verstehe nicht, warum sie alle hier sind oder warum ich hier bin. Aber eigentlich ist das auch nicht ganz so wichtig. Am Ende ist es nur ein weiterer Grund, sich nicht alleine zu betrinken. Cheers, Nadine.« Du hebst dein Glas und schaust mir in die Augen. Ich habe nichts, mit dem ich anstoßen könnte, in der Hand, also tippe ich mit meinem Zeigefinger gegen dein Glas und sage: »Auf die Gleichgültigkeit, Sebastian.«

Vor meiner Haustür sagst du: Ich weiß nicht, ob das eine gute Idee ist. Dabei schaust du auf den Boden und ich weiß nicht, ob du mich fragst oder ob du feststellst. Ich sage: Ich liebe schlechte Ideen. Und bereue es sofort. Denn eigentlich ist das hier keine schlechte Idee, nicht für mich, nicht für das klopfende Ding in meiner Brust, das dich will, das dich jetzt endlich haben will. Ich halte die Luft an, bis du dich entschieden hast. Zehn Sekunden und noch kein Nicken von dir, fünfzehn Sekunden und noch kein Kopfschütteln, fünfundzwanzig und ein tiefer Atemzug von dir, ein »Ach, lass uns hochgehen« und ein Lächeln aus Zweifeln und Trotz.

Dann:

Dein Gesicht im dunklen Hausflur, das meinem nahekommt. Deine Lippen, deine Hände, dein Körper, der mich an die Wand drängt, sich an mich presst und deine Stimme, die in die Kuhle meines Halses flüstert: »Ja«.

Und dann:

Mein Körper, der alles auf einmal will: auf dir sein, unter dir sein, neben dir liegen, vor dir knien, in deine Haare greifen, deine Brust küssen, deine Kniekehlen, alle Stellen, die sonst keine sieht und die jetzt meine sein sollen. Ich will dich küssen und ich will an dir riechen, ich will schmecken und beißen und lecken und reißen, ich will schlagen und kratzen, ich will Spuren auf dir hinterlassen.

Und:

Deine Hände, die mein Gesicht zwischen sich halten, deine Augen, die meine suchen, deine Stimme, die sagt: Dreh dich um.

Du wirst gierig und du wirst hart, du veränderst dich, als ich vor dir knie, du schlägst mich, einmal, zweimal, beim dritten Mal schmerzt mein Hintern, beim vierten mein Bein, beim fünften kommen die Tränen und ich greife mit der Hand blindlings nach deiner und bitte dich, aufzuhören. Du hältst inne und ich die Luft an. Eins, zwei, drei, vier, du sinkst mit dem Kopf auf meinen Rücken und noch bevor ich begreife, was mit dir geschieht, was mit uns geschieht, spüre ich das Beben.

Später

Wir liegen nebeneinander und ich warte den Sturm ab, warte, bis die Tränen fort sind und das Zittern, warte auf dich und deine Worte, die erst zögerlich kommen und sich dann ihren Weg aus deinem Mund in meinen Kopf suchen, weißt du, Nadine, ich ertrage es einfach nicht, da ist immer nur sie, sie, sie, es tut mir leid, Nadine, ich weiß, wie furchtbar das sein muss, jetzt, jetzt gerade für dich, aber ich kann nicht anders, es tut mir leid, es tut mir leid, es tut mir leid.

Ich liege neben dir und höre dir zu, später werde ich dir auch zusehen, wenn du dich anziehst, wenn du dich auf die Bettkante setzt und dir die Haare raufst, wenn du sagst (noch einmal, immer wieder, immer wieder), wie leid es dir tue. Ich werde zusehen und zuhören und ich werde deinen Rücken streicheln und lügen, dass alles gut wird. Es wird nämlich nie alles gut, das habe ich längst begriffen, das weiß ich, seitdem ich verstanden habe, dass man manchmal alles zu haben scheint, was man braucht, bis man begreift, dass das wichtigste Bedürfnis von allen all das wertlos macht: das Bedürfnis, dass es so bleibt, dass überhaupt irgendetwas mal bleibt.

Manchmal kann ich einen ganzen Tag nur auf dem Boden verbringen. Auf dem Boden essen, auf dem Boden schreiben, auf dem Boden meinen Kaffee trinken, weil ich nicht aufstehen kann, weil ich das Gefühl brauche, nicht fallen zu können, die Schwerkraft im Herzen, die Wut in den Händen, die sich um alles verkrampfen, das Halt geben könnte. Das sind die Bodentage, die Schwerkrafttage, jene, von denen ich jetzt viele zähle.

Du hast nicht angerufen und nicht geschrieben. Du bist nicht vorbeigekommen und nichts war wie in den Filmen. Du warst Winter mitten im Frühling, mitten in mir. Ständig friere ich jetzt und ständig schaue ich auf mein Telefon, schaue, ob du dich endlich gemeldet hast und natürlich: nie. Ich fühle mich krank und schwer, ich fühle mich, als hättest du mich angesteckt mit deiner Schwere, als hättest du sie einfach hier gelassen, als du noch in der Nacht verschwunden bist, mit einem flüchtigen Kuss, der sich mit einem Mal nicht mehr wie einer anfühlte, sondern wie eine Enttäuschung, wie das Nichthalten eines Versprechens, das du mir doch eben noch gegeben hast.

Ich schleiche durch Tage, warte, hoffe, tadle mich selber dafür, verliere mich in Konjunktiven und Vorstellungen einer Idee, die mit den Wochen immer mehr zu einem Kopfschütteln wird und schließlich nur noch zusammengekniffene Lippen und der Versuch eines Vergessens bleibt. So lange, wie ich auf dich gewartet habe, so schnell bist du nun wieder fort, und ich beginne zu begreifen, dass dich keine halten, keine greifen, begreifen, fangen kann, dass du immer flüchten wirst, weil jedes deiner Worte wahr war, weil *sie* offenbar alles war, und wenn alles fort ist, bleibt – so paradox es zu begreifen ist – nicht nichts, sondern die Erinnerung an »alles« und die ist so groß, dass sie dich ganz ausfüllt, dass nichts anderes mehr Platz hat, bis sie endlich nach und nach aus dir weicht.

Und so bleibe ich auf dem Boden. Mit müden Augen, müden Beinen, Schwerkrafttage, mit verkrampften Fingern das Telefon in den Händen, das einzig Linderung verschaffen könnte und es doch nie wird.

Schwimmen

From: Eva Bremer <evabremerhafen@gmail.com>
To: Lena-Caroline Bauer <Lena.Caroline84@web.de>
Date: 29.05.2014, 19:32 pm
Subject: Ein Gruß, ein Kuss
Attachment: 152637_IMG.jpg

Liebe Lena,

ich möchte dir eine Geschichte erzählen. Eine Geschichte
über einen Jungen und mich, eine Geschichte, die ich niemandem sonst erzählen mag, denn es ist im Grunde eine
Geschichte über das Scheitern. Aber vielleicht ist das auch
bloß meine Sicht auf die Dinge, vielleicht scheitere ich nur
an meinen Wünschen und Ansprüchen, an meinen dummen
Begehrlichkeiten.

Die Geschichte beginnt an einem Tag Ende Mai. Die Ge-
schichte beginnt eigentlich an einem Tag vor einem Tag
Ende Mai. Denn an diesem Tag stand ich im Regen an einer
Bushaltestelle. Und dort bin ich so hingekommen:

Ich habe Tom gesagt, dass es vorbei ist. Dass wir aufhören müssen. Dass dieses ganze Leben so nicht funktioniert. Nicht in einem Vakuum, das immer ein Dazwischen
ist. Ich habe ihm gesagt, dass er sich niemals entscheiden

wird, und er hat genickt. Saß an seinem Küchentisch und war ganz starr. Nur der Kopf hat sich bewegt, oben, unten, Nicken, Starre. Ich habe ihm gesagt, dass ich glaube, dass diese Dinge nur so groß werden, weil sie Süßigkeiten sind für Menschen wie mich, die beinahe verhungern. Und wenn man schon seit Tagen, seit Wochen und Monaten hungrig ist, dann kommen einem die kleinen Bonbons, die Menschen wie Tom sind, beinahe ein bisschen vor wie Nahrung. Aber am Ende wird einem bloß schlecht und man ist noch immer hungrig, den Bauch voller Sehnsucht, den Kopf voller Schmerz, weil Zucker bloß gierig macht und nicht ruhig.

Tom saß am Tisch und hat geschwiegen. Dann ist er aufgestanden, zur Spüle gegangen, hat seine Tasse abgewaschen, sie in das Abtropfgestell gelegt, hat sich zu mir umgedreht und gesagt: Weißt du, Evi, Mädchen wie du wollen immer gerettet werden. Die wollen immer von irgendwem irgendwie aufgefangen werden. Und manche Männer machen das vielleicht auch. Die wollen eine, die ständig anruft, ständig etwas will, ständig bei einem sein will. Aber ich will das nicht. Ich will eine Eva, die auch glücklich alleine ist. Und weil du das nicht sein kannst: Keine Ahnung, was du jetzt so machst, aber ich, ich mache Schluss, okay?

Das »okay« hat er in die Länge gezogen. Obschon es nicht einmal eine Frage war, denn natürlich hatte ich keine andere Wahl, als zu nicken und »okay« zu sagen. Dachte ich. Bis ich mir selber dabei zusah, wie ich langsam aufstand, auf ihn zuging und ihn heftig schlug. Ich weiß, dass ich ihn traf, dass sein Kopf nach links schnellte und er die Augen aufriss. »Was…?«, fragte er mich und ich sagte: »Oh, gut, endlich fragst du mich auch mal etwas.« Dann nahm ich meine Tasche vom Boden, die Jacke vom Stuhl und ging.

An der Bushaltestelle habe ich angefangen zu weinen. An der Bushaltestelle habe ich angefangen, es zu bereuen. Und es hat geregnet. Und das war überhaupt das Schlimmste: dieser scheiß Regen. Dass es in so einem Moment regnet und alles grau aussieht und man mittendrin ist in diesem ganzen Grau und plötzlich denkt: Das wird alles nie mehr wieder gut. Dass man dasteht und auf die Straße schaut, auf die Häuser und auf die Stadt, in der man lebt. Und es kommt einem gar nichts mehr bekannt vor und nichts mehr vertraut, alles wirkt unecht und fremd und so, als könnte man es keinen Moment länger ertragen. Das ist ein Schmerz, der ekelhaft ist und lähmend, ein Gefühl, als würde man einfach plötzlich aus etwas aufwachen und man fragt sich, wie man die letzten Monate und Jahre nicht sehen konnte, dass die Stadt einen abstößt wie einen Fremdkörper, dass niemand einen hierhaben will. Das alles habe ich gedacht und das kam ganz sicher vom Regen, diesem verdammten Regen.

Im Bus habe ich nicht sehr geweint, denn das ist mir unangenehm, wie du weißt. Ich muss alleine sein mit mir und meinen Tränen und das geht nicht, wenn man in einem Bus weint, weil dann meistens jemand kommt und fragt: Alles okay?, und ich schwöre dir, hätte mich in diesem Moment, an diesem Tag noch ein einziger Mensch gefragt, ob alles »okay« ist, ich weiß nicht, was ich getan hätte, vermute aber, dass es etwas mit einem sehr lauten Schrei zu tun gehabt hätte.

Was ich in der Nacht getan habe, weiß ich nicht mehr so genau. Ich habe die Flasche Wodka, die du mir im März geschickt hast, zur Hälfte getrunken (das ist eine Tatsache, die ich erst am nächsten Nachmittag feststellte, als ich mit furchtbaren Kopfschmerzen erwachte und sie neben meinem Bett fand). Ich habe Tom eine »letzte« E-Mail geschickt (natürlich muss mir schon beim Abschicken klar gewesen sein, dass das bestimmt nicht die letzte sein würde, dass im Gegenteil sogar noch sehr viele folgen würden, so, wie es eben immer bei mir ist, so lange, bis nur noch verbrannte Erde übrig ist, so lange, bis alles gesagt ist, bis jedes Gefühl in jeder erdenklichen Wortkombination beschrieben, seziert und erklärt wurde. Ich kann nicht anders, ich kann einfach nicht anders, es ist so erbärmlich). Ich habe dreimal sehr wütend »FUCK YOU« in mein Tagebuch geschrieben und offenbar beim letzten Mal den Stift so fest in das Papier gerammt, dass es gerissen ist. Ach Lena, es muss eine schreckliche Nacht gewesen sein. Und dann:

Ein Anruf. Kommst du mit, Eva? Kommst du bitte, bitte mit zu diesem Open-Air? Das wird ganz großartig, versprochen. Nein, dein Kater zählt nicht als Ausrede. Nichts zählt, außer dass du kommst. Bis um neun geht es dir wieder besser. Trink Wasser, iss etwas, bis später, ich freue mich.

Und was hätte ich auch sonst tun sollen? Der Gedanke daran, alleine zu Hause zu bleiben, ängstigte mich. Das Verschwinden des Katers noch mehr. Ich wusste ja schon, was dann wieder folgen würde. Was immer unweigerlich kam, wenn die Kopfschmerzen und die Übelkeit nachließen. Die Reue, die Wut, die Traurigkeit und die Angst. Also schlief ich bis zum Abend, nahm zwei Kopfschmerztabletten, trank einen Liter Wasser und machte mich auf den Weg ---

Das sind Gedankenstriche. Drei. Weil ich hier springen möchte. Zu dem Moment, in dem er neben mir stand. Das tat er nämlich wirklich: einfach so neben mir stehen.

—

Willst du wirklich alles so genau wissen? Wie ich dich kenne, sitzt du jetzt schon vor deinem Bildschirm und bist versucht, alles zu überfliegen, bis du einen Satz findest, der dir zeigt, dass jetzt endlich die richtige Geschichte losgeht. Also Lena: AB HIER GEHT ES LOS.

Er heißt Johann. Und Johann ist der traurigste Junge, der mir je begegnet ist. Es gibt zwei Arten von traurigen Jungen: die, die es bloß sind, weil es irgendwie schick ist, sich nicht zu sehr zu freuen, nichts richtig gut zu finden. Und dann gibt es jene wie Johann. Die zeigen ihre Trauer nicht sofort. Die lächeln und sind freundlich, die unterhalten sich und wollen dir ein gutes Gefühl geben. Aber während sie das tun, während sie versuchen, eine Simulation eines gut gelaunten, funktionierenden Wesens zu sein, eines »Typen«, der nicht besonders auffällt, erzählt dir etwas an ihm die wahre Geschichte.

Die Geschichte, die hinter der Kleidung und hinter den Augen liegt, die, die ganz ohne Worte übertragen wird zwischen ihm und dir. Und alles, was du denkst, ist: Irgendetwas stimmt nicht, etwas an ihm ist verrückt oder abgefallen, es fehlt etwas oder etwas ist zu viel. Und das ist der Moment, in dem es schon vorbei ist, bloß merkst du das noch nicht. Was du bemerkst: Vielleicht spricht er ein bisschen zu leise, ein bisschen zu langsam. Vielleicht irren seine Augen umher und vielleicht sucht er etwas, ohne dass es dir möglich wäre, herauszufinden, was das sein könnte. Du siehst außerdem: Seine Schultern hängen ein wenig, seine Kleidung ist unauffällig oder nachlässig, vielleicht auch nicht, das ist nun wirklich kein gutes Erkennungsmerkmal.

Du spürst: eine deutliche Distanz oder eine übertriebene Nähe. Etwas stimmt nicht. Er steht zu nahe neben dir oder zu weit weg und eigentlich ist das auch ganz und gar unwichtig. Wichtig ist in diesem Moment bloß, dass er nicht weggeht. Dass er dir weiter Dinge ins Ohr flüstert oder wie zufällig deine Schulter berührt, deinen Arm, irgendetwas. Wichtig bleibt, dass er nicht aufhört. Nicht mit dem Reden und nicht mit dem Schweigen, nicht mit der Konzentration auf dich, mit den Blicken, mit dem Lächeln. Und du glaubst: Das hier ist ein Anfang. Das hier ist so schön, dass es gar nicht wahr sein kann, das glaubt einem doch kein Mensch, dass er plötzlich einfach dastand und nicht mehr gegangen ist und dass sich das so gut angefühlt hat wie ganz lange nichts.

Säßen wir an einem Küchentisch, würdest du nun fragen: Und Evi, wie ging es weiter? Wir würden uns Zigaretten anstecken und ich wäre ein bisschen aufgeregt, weil ich Angst hätte, dass du am Ende meiner Erzählung den Kopf schütteln und sagen würdest: Ach Eva, das ist doch schon verloren, bevor es angefangen hat. Und dieses Mal hättest du sogar recht, Lena, du hättest so recht, denn:

Natürlich ging ich mit ihm. Natürlich saßen wir auf seinem Boden, tranken Wein und er sagte Dinge über die Bücher in seiner Wohnung und ich versuchte, dabei ein schlaues Gesicht zu machen, damit er nicht bemerkte, dass ich eigentlich kaum las. Und dann erzählte er von seinen Fotografien. Und ich dachte: Nein, bitte nicht schon wieder so ein verhinderter Künstler, der irgendeinen Quatsch macht und ständig von seinem Album redet, das er mit GarageBand aufgenommen hat, oder einer von denen, die angeblich Autor sind und ihre Bücher nur als E-Book rausbringen mit einem Cover, das sie mit Paint gemacht haben. Bitte nicht schon wieder so einer. Aber ich war mutig: Ich ließ mir die Bilder zeigen und tatsächlich – sie waren nicht bloß schön. Sie waren schmutzig und schön, verwirrend und traurig und sie alle waren, als erzählten sie eine Geschichte, die für jeden, der sie betrachtete, anders lauten würde.

Und in dem Moment, in dem ich dachte, dass es jetzt losgehen würde, du weißt schon, DIESES Losgehen, sprang er plötzlich auf und sagte: Ich habe eine Idee. Und ich schaute ihn wohl fragend an, denn er sprach ganz schnell und hektisch, dass er uns jetzt ein Taxi rufen würde und ob ich schwimmen könnte, und ich nickte und dachte: Ach du scheiße. Und trotzdem machte ich natürlich mit, denn was sollte ich auch sagen. Ich weiß, du findest das eventuell ziemlich dumm von mir, und ich glaube, dass ich in diesem Moment auch nicht ganz bei mir gewesen sein kann, denn irgendwie hatte ich schon da ein ganz ungutes Gefühl, dachte aber auch, dass ich ja nichts zu verlieren habe, dass es ja nicht noch schlimmer als ohnehin schon kommen kann. Wie sehr ich mich da irrte.

Zehn Minuten später saß ich in einem Taxi, neben mir dieser Typ, von dem ich gerade mal den Vornamen kannte, und der einzige Gedanke, den ich hatte, war: Er ist ein bekannter Fotograf, er wird mich nicht vergewaltigen und töten können, ohne dass das rauskommt.

Johann hatte dem Taxi-Fahrer eine Adresse genannt, die mir gleich bekannt vorgekommen war, und tatsächlich, als wir hielten, wusste ich, wo wir uns befanden: Vor dem Freibad an der Gneiserstraße, dieses ganz alte, das am Stadtpark liegt, du erinnerst dich bestimmt daran. Johann bezahlte den Fahrer und stieg aus, hielt mir die Tür auf und seine Hand entgegen und lachte laut, als er die Taxitür zuschlug.

Er stellte sich vor mich, ergriff mit seinen Händen meine Oberarme und sah mich einen Moment lang an.

»Ich weiß, das könnte dir unter Umständen merkwürdig vorkommen, aber wir werden jetzt in dieses Freibad einbrechen. Wobei ich »einbrechen« ein zu starkes Wort finde. Nennen wir es klettern. Wir werden jetzt in dieses Freibad klettern und schwimmen gehen. Es ist erstens warm genug und zweitens haben die in ihrem Außenpool eine Heizung. Ich weiß das, weil ich da schon mal war. Und keine Angst: Es kommt eigentlich nie jemand und kontrolliert nachts das Schwimmbad. Zumindest noch nie, wenn ich da war. Okay?«

Einen Moment war ich versucht, ihm zu sagen, dass ich dieses »okay« lieber überhört hätte, aber dann dachte ich: Na ja, endlich mal was los, endlich mal eines von diesen Abenteuern, die immer in der NEON stehen. Muss man nicht gut finden, kann man aber wenigstens mal erlebt haben. Kommt dann später zu den Sommer-Erinnerungen, wenn man alt und hässlich ist und sich fragt, ob man überhaupt mal jung war.

Also lief ich hinter ihm her. Mit einem Mal war er so euphorisch und aufgekratzt und die Sonne ging langsam auf und eigentlich hätte das ziemlich romantisch sein können, wenn ich nicht solche Angst gehabt hätte. Denn ich war natürlich noch nie nachts in einem Freibad und ich bin auch noch nie irgendwo eingebrochen und erst recht nicht mit einem völlig fremden Mann zusammen. Aber wie gesagt: alles für das Erlebnis.

Wir umrundeten das Schwimmbad, bis wir zum Hinterausgang kamen und Johann stehen blieb. Vor uns befand sich ein hohes eisernes Tor. »Kannste klettern?«, fragte er und eigentlich war das weniger eine Frage als eine Bedingung, denn anders kam man nicht hinein, das war mir schon recht klar, als ich sah, dass das Bad nicht mit Maschendrahtzaun, sondern mit diesen hohen Eisenzäunen eingegrenzt war.

Natürlich konnte ich klettern. Natürlich konnte ich ungefähr so gut klettern wie ich in der Lage war, mich nicht in solche Situationen zu bringen. Johann stand auffordernd vor mir und wartete auf eine Reaktion. Ich schüttelte schließlich den Kopf. Ich konnte nicht. Ich hatte Angst und mir war mit einem Mal kalt und es kam mir absolut ausgeschlossen vor, dass ich es schaffen könnte, über diesen Zaun zu klettern. »Räuberleiter?«, fragte Johann, und ich schüttelte erneut den Kopf.

Langsam wurde ich wütend. Das war nicht nur eine dumme Idee von ihm gewesen, sondern auch von mir. Ich wollte nicht in dieses Schwimmbad, ich wollte eigentlich nicht mal bei diesem Typen sein und wenn, dann hatte ich schnellen Sex und ein bisschen Linderung für mein angekratztes Ego gesucht. Ich hatte nicht DAS hier gesucht. Und die Wut wurde größer und ich dachte an Tom, ich dachte daran, dass er so etwas niemals von mir erwartet hätte. Dass er mich niemals in eine solche Situation gebracht hätte und dass er mit mir tagsüber an den See gefahren wäre, um die erste Mai-Hitze auszukosten und um Melonen zu essen und Eis und Pommes und um mit mir schwimmen zu gehen und eventuell natürlich auch, um mich im Bikini zu sehen. Tom hätte nicht gewollt, dass ich klettere und Tom hätte sowieso alles ganz anders gemacht. Und aus der Wut wurde jetzt Traurigkeit, weil Tom nicht mehr da war und weil er tatsächlich seine Tasse abgewaschen hatte, bevor er mich aus seinem Leben geschmissen hatte, so, als müsste er auch die allerletzte Spur von mir beseitigen.

Johann stand vor mir und begriff langsam, dass er mich nicht dazu bringen würde, mit ihm auf die andere Seite zu kommen. Sein Lächeln kam näher und er drehte mich ruckartig um und drückte mich gegen den Zaun. Dann küsste er mich und schob seine Hand unter meinen Pullover. Und ich wehrte mich nicht. Denn genau darum ging es doch hier. Es ging darum, dass wir am Ende nichts miteinander anzufangen wussten, dass wir uns begehrten, weil wir beide einsam waren, und dass wir etwas suchten, das uns kein beschissenes Schwimmbad und kein noch so hoher Zaun geben konnte. Jetzt versuchten wir es eben mit dem Naheliegendsten.

Ich spürte seinen harten Schwanz und presste mich reflexartig dagegen und kämpfte gegen die Gedanken an Tom an, gegen das Gefühl, dass ich rein gar nichts fühlte, gegen den Wunsch nach Schlaf und Ruhe und Alleinsein. Ich wollte das hier so unbedingt und gleichzeitig so absolut gar nicht, ich wollte, dass er mich vögelt und dass er mich in Ruhe lässt, ich wollte, dass er den Schmerz wegmachte, dass er irgendetwas tat, damit ich mich zwei Sekunden nicht selber hörte.

Seine Küsse wurden gieriger und er drückte mich gegen den Zaun, während er meine Hose hinunterschob und mit einem Finger in mich glitt. Ich stöhnte und er zog mein Höschen hinunter und drang in mich ein, bevor ich ihn an ein Kondom erinnern konnte. Und plötzlich war es mir auch egal, es war mir egal, ob er ein Kondom benutzte, ob er verrückt oder fremd war, plötzlich waren da nur noch er und sein Schwanz in mir und seine Hände, die sich in meine Hüfte krallten, und ich spürte das Rauschen im Kopf, das ich so vermisst hatte, und ich spürte mich nicht mehr, nur noch sein Eindringen, seine Stöße, und ich hob den Blick und sah auf den Außenpool und sah, dass die Sonne bereits aufgegangen war, und ich sah, dass sich ein paar Hasen auf der Wiese am Beckenrand versammelt hatten, und als er in mir kam, war ich für einen Augenblick endlich betäubt.

Er drehte mich wieder zu sich und vergrub seinen Kopf an meinem Hals und atmete schnell. Ich griff in sein Haar und dachte: Vielleicht wird das ja doch etwas mit uns. Vielleicht sind wir genau richtig füreinander, zwei Verrückte, zwei Einsame, zwei, die sich nicht viel geben, aber was sie sich geben, ist schon viel von dem Wenig, das sie ansonsten raus-rücken. Und ich streichelte sein Haar und fühlte mich ihm nah und hielt die Luft an, weil ich dachte, dass man das doch so macht in solchen Augenblicken. Und dann sah er hoch zu mir, zog sich im gleichen Moment die Hose hoch, stemmte die Beine gegen den Zaun, war mit einem Satz auf der anderen Seite, während ich mich entsetzt zu ihm umdrehte. Er kam ganz nah an die Gitterstäbe und sah mich mit einem grausamen Lächeln an. Dann sagte er: »War schön mit dir, ich geh mal schwimmen, ne? Du weißt ja, wie du nach Hause kommst.«

Ich zog mich an und ging. Ich lief völlig kopflos einfach los, während ich den Aufprall seines Körpers im Wasser hörte. Ich lief bis zur Straße und dann lief ich noch weiter stadt-einwärts, weil ich nicht wusste, was ich sonst tun sollte. Ich lief und ich lief und senkte den Kopf, wenn mir Menschen entgegenkamen, und sowieso: Warum waren so früh schon Menschen auf den Beinen? Irgendwann stand ich an einer großen Straßenkreuzung und die Ampel sprang auf grün und ich war völlig unfähig, auch nur einen Meter weiterzu-laufen. Ich wühlte in der Tasche nach meinem Telefon und wählte Toms Nummer. Er nahm verschlafen ab und fragte, was ich wolle. Ich legte wieder auf und begann zu weinen, während ich mit der Frau in der Taxi-Zentrale sprach. Als sie mich fragte, wo ich sei, sagte ich: »Ich weiß es nicht, ich weiß es verdammt noch mal nicht, ich habe absolut keine Ahnung, wo ich bin, verdammte Scheiße, können Sie mich nicht orten, man kann doch heutzutage alles orten, ich … ich … ich …« Sie hatte längst aufgelegt und ich sah mich panisch um und bemerkte endlich, dass ich zu Tom gelaufen war. Ich stand nur zwei Straßen von seinem Haus entfernt. Und weißt du, was ich in diesem Moment dachte? Ich dachte: Er wird mich nicht reinlassen. Er würde mich noch nicht einmal in *diesem* Moment reinlassen. Und ich sage dir: Das war der beschissen einsamste Moment meines Lebens.

Jetzt würde ich gerne ein Happy End schreiben. Irgendwas, das nach Disney klingt. Irgendwas, das macht, dass man auch weiterhin vergessen und verdrängen kann, dass das in diesem Leben nicht so läuft. Dass am Ende nicht alles toll wird, dass Enden einfach Enden sind, die parallel zu Anfängen geschehen, dass diese ganze Spur, die wir ablaufen und Leben nennen, dass die eigentlich aus ganz vielen Spuren besteht und irgendwo setzt irgendwann irgendein Takt ein und ein anderer hört auf, vielleicht gibt es noch einen versteckten Bonus-Track, nachdem zehn Minuten Stille war. Aber am Ende ist nichts gut und gar nichts schlecht, weil es keine richtigen Anfänge und Enden gibt, weil alles immer parallel ist und meistens einfach aufhört.

Tom hat nicht wieder angerufen und den Fotografen habe ich nie wiedergesehen. Das ist alles. Nicht sehr versöhnlich. Nicht sehr hübsch. Aber da draußen wartet schon der Sommer und ich, ich warte hier auf dich. Das ist am Ende wohl alles, was wir tun können: warten und darauf hoffen, dass genügend Dinge beginnen, die all die hässlichen Enden ein bisschen erträglicher machen.

Eva.

Wir kämpfen, wir kentern doch

Am Ende beginnt man wieder von vorne. Das ist das Problem: Am Ende ist man wieder am Anfang. Bei den ersten Augenblicken, den ersten Berührungen, all den ersten Malen, diesen verdammten ersten Malen, die wie Gespenster immer da sind und flüstern, stetig flüstern: Erinnerst du dich? An diesen einen Blick, dieser Blick, mit dem alles angefangen hat, ein Blick, wie das Aufstoßen einer Tür, als hättest du nicht bloß geschaut, sondern gesagt: Ab jetzt, los, lauf los, jetzt, jetzt, jetzt. Erinnerst du dich an das erste Treffen, an deine Überraschung, dass die Langeweile fortblieb, dass dein Puls schneller wurde, deine Haut ganz heiß, dein Atem etwas zittrig und die Gier, die Gier war auch schon da und wollte anfassen und lachen und alles mitnehmen und tausend Sachen machen?

Erinnerst du dich an die erste Nacht am Hafen oder in der Bar, in diesem Club, auf der Wiese vor dem angeberischen Haus? Erinnerst du dich an fremde Haut und fremde Geschichten, an alles ausloten und alles ganz neu lernen müssen? Erinnerst du dich daran, dass wir schon wussten, dass es aufhören wird, dass es vorbeigehen, vorbeirennen, fliehen und flüchten wird? Dass du am Ende zwischen Geistern und Veteranen, zwischen Schmerzen und Tönen, zwischen Jahreszeitenwechseln und Busfahrten warten wirst, dass dem äußeren Vorbeigehen auch das Innere folgt, dass die Dinge, die im Außen schon verschwunden sind, auch in dir verschwinden, dass sich ihre Spuren und Kratzer auch aus dir verabschieden, dass du nicht mehr die zweite Seite eines Notizzettels bist, bei dem man noch sehen kann, was auf der Seite, die darüberlag, mal geschrieben wurde, du alberne zweite Seite, du bist noch Spuren und bist noch Abdrücke, du bist noch da, mit all den anderen Verrückten.

ERSTER MOMENT

Erinnerst du dich daran, wie es sich angefühlt hat, als du ihn zum ersten Mal gesehen hast? »Am Hafen wollen wir sitzen«, hast du gesagt und hast ihn angelacht, du wildes, tapferes Mädchen, das nicht in einer Bar sitzen kann. Du bist neben ihm gelaufen und hast Witze gemacht, stell dir das mal vor, hast du gesagt, ist das nicht komisch, ist das nicht was? Du hast dich gefragt, ob er dein Gesicht mag, hast dich kaum getraut, nachzusehen. Was, wenn sein Blick sagte, dass es nicht so ist, was, wenn sein Blick müde und gelangweilt wäre, seine Augen fahrig oder mit dem Blick auf die Erde? Du warst laut, damit man das Zittern nicht hört, du gingst schnell, damit er nicht merkt, wie schön du ihn findest und wie sehr seine Stimme dich beunruhigt, wie du dich schämst, dass du all das jetzt schon magst, viel zu schnell, viel zu sehr, hast du gedacht, das bedeutet doch nur wieder dein russisches Roulette: Alles sofort bedeutet das Beste, das es geben kann oder zwei verweinte Wochen im Bett. Du kennst das schon, hast es gerade noch mal überlebt: Du siehst ein Gesicht, diese Augen, und deine Sinne spielen verrückt. Du willst das alles sofort oder am liebsten gar nicht mehr, du willst ihn packen und in dich hineinlegen, an eine Stelle, die unberührt bleibt von deiner Angst und deiner Ungeduld, willst sagen: Herrje, es ist viel zu schön, und ich lasse mir doch nie Zeit. Für dich will ich aber ruhig sein und mich benehmen können, ich will abwarten und geduldig sein, ich will nicht dramatisch werden und nicht eiskalt, ich will mich dir langsam öffnen und nicht alles sofort sein, ich will nicht, dass du mich retten musst, aber im Moment bin ich noch nicht so weit.

Du bist neben ihm gelaufen und hast dich selbst ermahnt:
    Mach dir keine Hoffnungen und sei gewarnt.
    Bleib ruhig und sag nicht zu viel, frag auch mal nach, sei gewarnt.
    Sei du selbst, aber nur ein bisschen davon, schweig über:

die Nächte, in denen du nicht schlafen kannst,
    die Tage, an denen du nicht atmen kannst,
    die Ängste, die du nicht ertragen kannst,
    das Rennen, das du nicht lassen kannst,
    das Trinken, die Zigaretten und die Menge an Kaffee,
    die Nächte, in denen die Träume kommen,
    die Tabletten, die Süchte, Laster und Zwänge,
    die Wut und die Enge, alles, was vor vorhin passiert ist,
alles, was du nicht vergessen kannst und vermisst, alles, was dich noch durch die Straßen jagt und hetzt, alles, was noch weh tut und dich nicht schlafen lässt.

Du bist vorsichtig gewesen und konntest es doch wieder nicht lassen. Hast zu schnell getrunken und zu viel gesprochen, hast ihm alles erzählt, nichts auf ein Nicken oder ein

Achselzucken heruntergebrochen. Du hast ihn beobachtet: Wie er da neben dir sitzt, auf der kalten Bank an einem kalten Hafen, die Beine angezogen, den Blick auf die Schiffe und Kräne gerichtet, ein Gesicht, auf dem Schatten sind, das rote Hafenlicht, die Müdigkeit einiger Nächte, vielleicht ein bisschen Einsamkeit, aber nur vielleicht, aber nur ein bisschen, vielleicht nur zur Hälfte.

Und ihr seht ein Schiff, so groß wie eine kleine Stadt, du sagst: »Schau dir das an«, und er kneift die Augen zusammen und sieht schön dabei aus, »Ein Schiff so groß wie ein Haus«, sagt er und sieht dich dann an.
»Ich mag Horrorfilme«, sagst du.
»Ich mag Schiffe. Aber solche nicht. Die sind zu groß, zu kompliziert, man weiß noch nicht einmal, wo der Kapitän sitzt.«
»Ist das wichtig?«, fragt er, »Zu wissen, wo der Kapitän sitzt?«
»Natürlich«, sagst du und fragst dich, ob das die Wahrheit ist.

Was die anderen in diesem Moment sehen würden:

Das Schiff wendet sich langsam im Hafenbecken um hundertachtzig Grad. Es ist so groß, dass das Wenden ungefähr eine Stunde dauert. Danach kriecht es aus dem Hafenbecken hinaus und biegt um eine Ecke. Das geschieht so langsam, dass die beiden Menschen, die auf einem abgelegenen Fähranhalter auf einer stählernen, kalten Bank sitzen, den Blick immer wieder abwenden und erst hinsehen, als das Schiff schon nicht mehr zu sehen ist.

Was du siehst:
Das Schiff wendet sich langsam im Hafenbecken um hundertachtzig Grad. Es ist so groß, dass das Wenden ungefähr eine Stunde dauert. Vielleicht wäre ich auf so einem Containerschiff glücklich. Vielleicht könnten ich und der Kapitän dort einfach ein paar Monate leben, schweigen, die See beobachten. Wir würden nicht viel reden, er fährt das Schiff und ich koche für uns. In der Zwischenzeit schreibe ich jeden Gedanken auf, der mir in den Sinn kommt. Wenn es zu viele sind, dann schreie ich sie ins Meer. Wenn es zu wenige sind, kann ich vielleicht endlich einmal schlafen. Dieses Schiff wendet so langsam, dass es vielleicht auch langsam fährt. Gleich wird es verschwunden sein. *Danach kriecht es aus dem Hafenbecken hinaus und biegt um eine Ecke. Das geschieht so langsam, dass die beiden Menschen, die auf einem abgelegenen Fähranhalter auf einer stählernen, kalten Bank sitzen, den Blick immer wieder abwenden.* Ich will ihn ansehen und kann es doch nicht. Ich will ihn ansehen, ohne, dass er mich ansieht. Ich möchte Zeit haben, seine Gesichtszüge zu studieren, die Falten um seine Augen, die Dichte seines Bartes. Ich möchte sehen, wie seine Zähne stehen und wie es um ihn steht. Ich will wissen, ob er nervös ist, ob er entspannt ist und was davon das bessere Zeichen ist. Ich möchte seine Körperhaltung untersuchen und daraus Schlüsse ziehen. Ich möchte, dass mir nicht so kalt ist dabei und dass das Ziehen im Magen von der Aufregung kommt und nicht von der Angst. Ich möchte, dass es dieses Mal ganz leicht ist. Denn wir sitzen am Hafen und es ist neblig und schön hier. Ich möchte, dass wir eine lange Geschichte werden, weil sich der Anfang schon so gut erzählen lässt. Da saßen zwei am Hafen und die eine konnte den

anderen kaum ansehen und da war ein Schiff, das ein bisschen wie sie war: ganz vollgeladen mit Containern, kein Kapitän in Sicht, die Richtung wie immer: ungewiss. Die zwei Menschen sitzen da und sehen sich an und wissen schon jetzt, dass sie sich mal lieben werden, dazu müssen sie nur die Stille ihrer Worte hören und das Lachen aus ihren Mündern *und erst hinsehen, als das Schiff schon nicht mehr zu sehen ist.*

ZWEITER MOMENT

Das ist die Entscheidung. Gehen oder bleiben, fragen oder schweigen. Du sagst: Mir ist kalt, ich möchte irgendwo rein. Der Satz kommt von ganz allein aus deinem trägen Mund, du hast nicht überlegt (das ist gelogen), hast es einfach gesagt (gelogen), hast dir keine Gedanken darüber gemacht (ach, ach), hast einfach festgestellt, was du jetzt brauchst (…). Es könnte auch bedeuten, dass du nach Hause gehen willst, dir ist es eben zu kalt hier, und es ist ja auch schon spät, danke für die Nacht und das schöne Gespräch, vielleicht sieht man sich ja mal, du hast da keine Eile, du hast ja ein eigenes Leben, bist ja eine Dame, hast keine Angst vor Abfuhren und auch keine vor Blamage.

(Die Wahrheit: Du willst ihm nah sein, willst seine Wärme, willst, dass das, was innen brennt, auch außen zu spüren ist wie eine Versicherung, dass es wirklich da ist, jetzt, jetzt sofort, lass uns gehen, weg von hier, einfach fort.)

Ihr sitzt jetzt schon eine Weile auf dieser Bank, das Schiff ist längst fort, du sehnst dich nach Möwen, nach Wind und

Fischen, aber um zwei Uhr morgens kreischt nur manchmal ein Betrunkener und die nicht geölten Stahlträger des Kais, auf dem ihr sitzt. Du hast gesagt: Mir ist kalt, ich möchte irgendwo rein. Er sagt: Oh, dann lass uns das machen. Du merkst: Er möchte genauso bei dir sein. Du lächelst, du stehst auf, du lächelst, du gehst neben ihm, du möchtest dich an ihn lehnen, du denkst: Das sind die Momente, die später wehtun werden. Und du schweigst.

DRITTER MOMENT

Völlig selbstverständlich geht ihr in diese Bar. Der Weg dorthin gesäumt von Geschrei und Alkohol, von Menschen, Menschen, Menschen, von Fetzen aus Musik und Lachen, von Gesprächen und Gelalltem. Du gehst an seiner Seite und spürst schon das Aquarium, wie zwei Fische seid ihr, wie zwei hinter Glas, alles da draußen ist bloß fernes Rauschen, du kannst es sehen, du kannst es riechen, du fühlst es schon, aber eigentlich seid ihr zwei ganz weit weg von allem, ganz nah beieinander, du berührst seinen Arm und sagst: In diese Bar will ich, was macht das schon.

Ihr verschwindet in einer Ecke und setzt euch auf eines der alten Sofas. Du sagst: Lass uns trinken. Und meinst eigentlich, *lass uns aufhören, ängstlich zu sein.* Du bist schon wieder ungeduldig, willst jetzt alles und zwar sofort, willst nicht mehr warten auf den *vierten Moment* und nicht auf das eine Wort, das dir zeigt, dass du jetzt darfst: näherrücken, Distanz verringern, sein Gesicht berühren. Er geht zur Theke und kommt schnell zurück, du hältst die Luft an: Wird er sich jetzt nah neben dich setzen, wird er ein Stück von dir abrücken, wird er deine Nähe oder den Ausgang suchen, noch seid ihr zwei Fremde, die gar nichts versuchen, noch könntet ihr einfach (jeder für sich) nach Hause gehen, ein freundliches Lächeln, Banalitäten und auf Wiedersehen.

Aber: Er rückt umständlich ganz nah an dich, reicht dir ein Bier und einen Schnaps und sagt: »Auf dich«, du trinkst hastig, du willst das alles eigentlich nicht, das Trinken, die Angst, das Vergessen danach und dieser eine Augenblick, in dem du zu dem Wesen wirst, das du hasst (meistens nach 5 Bier und 5 Schnaps): dieses Wesen, das poltrig ist und laut, das zu hell lacht und all diese Dinge macht, vor denen du Angst hast, während es denkt, dass das doch alles schon gut so ist, wie es gerade getan wird, dass du endlich mal du selber bist, du wildes Mädchen, du traust dich ja was.

Du spürst: seinen rechten Arm und sein rechtes Bein, die Körperwärme, die entsteht, wenn zwei beieinander sein wollen. Du denkst: Ist das eine spezielle Form der Wärme, die nur entsteht, wenn ich jemanden wirklich mag, wenn ich begehre und die Kleidung nur Hindernis ist, oder ist die Wärme eigentlich immer da, bloß nehme ich sie nicht wahr, wenn ich von dem anderen gar nicht mehr will als ein Gespräch? Müssen zwei sich wirklich wollen, damit es sich anfühlt wie jetzt, oder bin das bloß ich, die brennt, wenn sie will? Du kannst es nicht prüfen, es ist dir jetzt auch egal, du trinkst dein Bier, du spürst sein Bein, du willst nach seiner Hand greifen und traust dich nicht, du willst nach ihm greifen und traust dich nicht, du willst begreifen, wie er funktioniert, was ihn antreibt, diesen unruhigen Geist und traust dich nicht, er holt schon wieder Schnaps, du machst ein angestrengt fröhliches Gesicht. Er setzt sich neben dich und beginnt über eine Geschichte zu erzählen, du hörst gar nicht mehr zu, du beobachtest nur seine flackernden Augen und die Bewegung seiner Lippen, er flüstert dir ins Ohr, obwohl es gar nicht laut um euch ist, du neigst deinen Kopf, jetzt ist sein Gesicht ganz nah bei deinem, er erzählt etwas, du musst lachen, ihr rückt wieder ein Stück auseinander, ihr spielt jetzt immer schneller, du hörst Musik, du hörst Stimmen, du schaust manchmal im Raum herum, als würde dich noch interessieren, was dort geschieht und dann sagst du: Lass uns gehen.

VIERTER MOMENT

Die Luft ist kalt, du spürst es schon, als er dir die Tür aufhält und ihr die Bar verlasst. Es ist erst Mai, die Nächte sind noch kalt, du schlingst die Arme um dich, er steht hinter dir, du musst dich nicht einmal umdrehen, um zu wissen, wie nah er bei dir ist. Trotzdem wendest du den Kopf und siehst: Die flackernden Lichter auf seinem Gesicht, den Bart, den du jetzt schon so magst, die Andeutung eines Grübchens auf seiner linken Wange, den Schleier auf seinen Augen, den Haaransatz, der zu Locken wird, und wieder zurück über seine hübsche Nase zu seinen Lippen, die du gleich küssen wirst, du musst dich nur umdrehen und machst es auch, du lächelst, du gehst, nein, du wankst einen Schritt auf ihn zu, du legst eine Hand auf seine Brust und lehnst dich an ihn, du lächelst noch mehr, du näherst dich seinem Gesicht, gleich, denkst du, gleich, jetzt, jetzt gleich, jetzt, er öffnet die Lippen und senkt den Blick, er sagt: Es tut mir leid, ich kann nicht.

Du bist der Herbst

Natürlich würde ich ihn nie vergessen.

Nicht so, wie ich Björn, Thomas, den verrückten Martin und den viel-zu-schönen-Daniel vergessen habe. Natürlich ist das gelogen, denn vergessen habe ich keinen. Sonst könnte ich ihre Namen nicht noch immer aufzählen, im Schlaf und auch jetzt, Björnthomasmartindenvielzuschönendaniel. Ich weiß ihre Namen in jedem Moment, denn jeder einzelne ist wie eine Jahreszeit, bloß immer in einem anderen Jahr. Der viel-zu-schöne-Daniel war der Herbst. Der Letzte. Und der Einzige, bei dem ich gar nicht erst versuchte, ihm eine Geschichte zu schreiben, von der ich fortan überzeugt sein könnte. Denn Daniel schuf Fakten, rammte sie in jede Emotion, die ja meistens bloß aus leichten Blasen bestand. Das halten sie nicht aus, die Emotionen, wenn da einer wie der Daniel kommt und etwas in sie hineinrammt. Sätze wie diese:

Ich bin nicht so (sic!) der Beziehungstyp (sic!sic!sic!).

Ich mag dich wirklich sehr, wir können uns gerne hin und wieder treffen, aber ich bin nicht (…) (s. o.)

Julia, ich wünschte, wir hätten uns zu einer anderen Zeit getroffen.

Der letzte Satz war mein Lieblingssatz. Den sagte der viel-zu-schöne-Daniel immer in den Momenten, die zu perfekt für die ersten beiden Sätze waren. Zum Beispiel, wenn wir händchenhaltend auf dem geheimen Steg lagen und eine Weile geschwiegen hatten. Dann war es meistens nur eine Frage der Zeit, bis er meine Hand losließ, theatralisch seufzte und sagte: Julia, ich wünschte, wir hätten uns zu einer anderen Zeit getroffen.

Das mit Daniel ist noch nicht sehr lange vorbei. Denn Menschen wie Daniel lassen dich nicht los, die kommen immer wieder zurück und wollen noch mal zustoßen. Im passiven und aktiven Sinn war das Daniels einzige Beschäftigung: Er stieß zu (mit Worten, Gesten, nicht eingehaltenen Versprechungen, mit kühner Gleichgültigkeit und plötzlicher Wut), leidenschaftlich, und er stieß mir so vollkommen, so absolut zu wie etwas, an dem ich nichts ändern konnte, denn Daniel war so schnell in mein Leben gefallen wie etwas vom Himmel, was ich nur deshalb sage, weil er in Wahrheit das Gegenteil war, weil Daniel die Hölle, die Hölle, die Hölle auf Erden war.

Ich habe Daniel nicht getroffen, sondern er mich. Ich habe ihm nie geschrieben, sondern er mir. Er hat von Anfang an jeden Anfang gemacht und das Ende, das hat er auch gemacht und dazwischen hat er mich verrückt gemacht, Julia und Daniel, habe ich jedes Mal gedacht, wenn ich wieder mitten in der Nacht zu einem Platz am Hafen, in eine Bar oder in seine Straße eilte, mit dem Fahrrad oder zu Fuß, mit der Bahn oder dem Bus, immer atemlos und voller Angst, ich könnte den Moment verpassen, in dem er mich noch sehen will. Dann stand ich vor seiner Tür (3. Stock, Altbau, Ausgehviertel) und drückte auf das Klingelschild mit seinem Namen und dachte: Heute, heute wirst du dich endlich in mich verlieben.

Warum das nie passierte, weiß ich bis heute nicht. Es ist doch alles da, habe ich gedacht und um das zu unterstreichen, habe ich es dem schönen Jungen auch gleich ganz überdeutlich gezeigt. Ich habe mich hübsch gemacht und viel gelacht, weil wir doch so leicht miteinander sein konnten. Ich habe ihn ständig irgendwo berührt, habe seine Körpersprache gelesen wie eine fremde Sprache, die ich Stück für Stück, Quadratzentimeter um Quadratzentimeter übersetzt habe in Handlungen meiner Fingerspitzen und Arme, meiner Beine und Lippen.

Die Stelle an seinem Unterarm nur berühren, wenn er etwas sehr Lustiges gesagt hat.
Niemals als Erste die Hand auf sein Knie legen.
Nur seine Nähe suchen, wenn er damit angefangen hat.
Immer bereit sein, mich sofort zurückzuziehen bei einem leisen Anzeichen von Unwohlsein.
Beachten: Das Gefühl trügt nie.

Nach ein paar Wochen mit ihm bestand mein Denken aus diesen inneren Notizzetteln, in denen ich panisch herumwühlte, während ich freundlich lächelte und ihm etwas erzählte, in dem ich mich so schnell verstrickte, in dessen Fäden ich mich verfing, und schließlich innerlich halb erstickend verstummte. Ich redete von Plänen, von denen ich behauptete, sie schon seit Monaten, Jahren zu haben und die mir in Wahrheit erst im selben Moment einfielen. Ich redete von Menschen, die ich kaum kannte, von mir, die ich kaum kannte, von Gefühlen, die mich überrannten. Ich redete und redete in Bars und auf Nachhausewegen, ich hatte das Gefühl, dass ich mich mit all meinen Worten und Geschichten einwickelte in einen Schutzanzug, damit ich ja nicht mitbekam, was ich da tat.

Eines Abends traf ich Tim und wir tranken Bier in einem Garten, in dem gerade eine dieser furchtbaren Partys stattfand, die wir beide so hassten. Tim erzählte von den Mädchen und ich von dem Jungen und Tim sagte ein paar wütende Dinge über Daniel, denn Tim fand, dass eine wie ich einen wie Daniel nicht verdient hatte, und ich musste ihm zustimmen. Wir lachten und er nahm mich in den Arm und sagte: Julia, oh Julia, warum machst du das bloß immer, warum musst du all die Jahre bloß immer den einen finden, der dich nicht will?

»Weil du mich nicht gewollt hast«, sagte ich halb im Spaß und halb ernst, weil ich tatsächlich einmal sehr verliebt in Tim gewesen war.

»Du weißt, dass das Unsinn ist, oder?«

»Nein, warum? Ich finde, wir wären ein schönes Paar gewesen. Julia und Tim, beste Freunde, Knastbrüder und Liebhaber. Das wäre super geworden!«

»Nein, wäre es nicht. Und du weißt das auch. Du weißt, dass am Ende immer alles schiefgeht. Dass man am Ende immer verliert und dass dann nur hässliche Fratzen und wütendes Gerede übereinander bleibt. Dich wollte ich behalten. Du bist meine beste Freundin, du bist irgendwie schon immer da und du sollst auch immer dableiben.

Kannst du das für mich machen? Immer dableiben, egal, was passiert?«

Natürlich habe ich genickt und natürlich habe ich ihm einen Kuss auf die Wange gegeben und es versprochen. Ich wünschte, ich hätte noch etwas anderes getan. Ich wünschte, ich hätte ihm in dieser Nacht alles gesagt. Es wäre besser gewesen und ich müsste es nicht bis heute mit mir herumtragen. Aber jetzt ist es sowieso egal. Jetzt ist einfach alles so was von und absolut egal.

Und keiner weiß

Ich habe einen ganzen Karton voll mit unseren Bildern. Du wolltest sie nie, aber ich habe sie für dich aufbewahrt. Weil ich mir sicher war, dass du sie eines Tages brauchen würdest. Ich war mir sicher, dass du irgendwann fragen würdest. Dass du sehen willst, wie das alles damals war. Du hast nie gefragt, aber ich habe den Glauben nicht aufgegeben. Ich war mir so sicher, dass du eines Tages anrufen würdest, du mit deiner verschlafenen Stimme: Theresa, hast du eigentlich Bilder von damals? Und ich hätte meine Freude vor dir verborgen, weil ich gewusst hätte, dass das hier gerade ein ganz sensibler Moment ist. Dass ich dir unter keinen Umständen zeigen darf, dass ich eigentlich die ganze Zeit denke, ha, ich habe recht gehabt!

Weißt du, welches Bild ganz oben liegt? Das in den Alpen. Du erinnerst dich vielleicht nicht daran, aber ich habe das nie vergessen. Ich war damals zwölf und du warst fünfzehn und wir waren in den Bergen, weil Mama und Georg das so gewollt hatten. Du hast dich gesträubt und gewehrt, du wolltest unter gar keinen Umständen mitfahren. Aber am Ende hast du dich natürlich doch gefügt, weil du sonst zu der schrecklichen Tante gemusst hättest. Du weißt doch noch: Tante Nicola, bei der einem immer übel vom Essen wurde, weil alles so fettig und ekelhaft war, dass wir die

Klöße und die Rouladen heimlich in unseren Servietten versteckten, damit uns das Bauchweh erspart blieb.

Ich erinnere mich vor allem an diese Tage, weil es schrecklich heiß war und Georg uns jeden Tag zu Wanderungen zwang, auf die wir keine Lust hatten. Natürlich war ihm das egal, weil wir ihm egal waren, aber Mama sah immer so traurig aus, wenn wir mit ihm stritten, und ich glaube, dass du damals still geworden bist, weil du ihr gequältes Gesicht nicht mehr ertragen hast.

Vielleicht wundert es dich, dass ich mich daran erinnere, dass ich es bemerkte, obwohl du gedacht hast, dass das sowieso niemandem auffallen würde. Mir fiel es auf. Ich hörte, dass du schwiegst, und ich sah, dass du in dich gekrochen warst, als wären da plötzlich zwei: der eine Theo, der zwar neben mir ging und der aß und der neben mir schlief, aber der einen anderen Theo wie einen Homunkulus in sich trug, der hineingekrochen war in sich selber und dort ein Leben fernab von uns führte, zu dem wir alle keinen Zugang mehr hatten. Ich war zu jung, um für dieses Gefühl Worte zu finden, und ohnehin hättest du wahrscheinlich nicht geantwortet. Aber ich habe es gemerkt, Theo, ich habe es gesehen und gefühlt und ich habe mir Sorgen gemacht. Ich habe mich gefragt, ob es vielleicht an mir liegt, dass du kaum noch sprichst und dass du plötzlich nicht mehr lachst und dass du immer auf den Boden schaust. Aber du warst mir immer so nah damals, du hast nachts gewartet, bis ich eingeschlafen war, und du hast mir den Kopf gestreichelt, wenn wir in der Sonne lagen, und du hast meine Hand gehalten, wenn ich Angst hatte, und das alles hättest du wohl nicht getan, wenn du mich plötzlich nicht mehr gemocht hättest. Denke ich zumindest.

An dem Tag, an dem das Bild entstanden ist, haben wir einen Ausflug zu einer der höchsten Aussichtsplattformen gemacht. Es war den ganzen Tag sehr schwül gewesen und wir hatten eine Wanderung von vier Stunden vor uns. Wir kletterten dicht bewachsene Abhänge hinauf und liefen über menschenleere Asphaltwege, die sich den Berg hinaufschlängelten. Wir sprachen kaum, weil wir unter der Hitze litten und so gereizt waren, dass jedes Wort zu einer Eskalation geführt hätte. Ich spürte geradezu, wie angespannt die Stimmung zwischen Georg und Mama war, die sich am Morgen schon gestritten hatten.

Meistens dachten sie, wir hörten ihre wütenden Worte nicht, wir würden nicht mitbekommen, wie sie sich gegenseitig angingen und mit Worten wie Waffen um sich schlugen. Du und ich lagen noch im Bett und ich hatte bemerkt, dass du wach warst, aber du starrtest zur Decke und sagtest wie immer kein Wort und ich versuchte, mir den See vorzustellen, an dem wir im Sommer oft waren, weil das ein beruhigender Gedanke war. Ich stellte mir vor, wie wir lachten und wie du versuchtest, meinen Kopf unter Wasser zu drücken, wie du mich immer ganz schnell wieder losließt, damit ich keine Panik bekam. Ich dachte daran, wie ich dort tauchen gelernt hatte und wie sehr ich die Stille mochte, wenn ich lange genug die Luft anhalten konnte. Diesen Ort habe ich mir in den Kopf gebrannt, damit ich dorthin konnte, wenn das Geschrei zu laut wurde oder wenn Mama weinte oder wenn Georg drohte. Einfach den Kopf unter Wasser halten und die Luft anhalten. So einfach ging das damals.

Irgendwann hatte Georg die Tür zu unserem Schlafzimmer aufgestoßen und »Guten Morgen« gebrüllt und wir hatten schweigend gefrühstückt und waren zu dieser Wanderung aufgebrochen, deren letzte Kilometer jetzt vor uns lagen. Georg wollte, dass wir vor zwei Uhr den Gipfel erreichen würden, damit wir dort eine Weile bleiben konnten, um schließlich mit der Seilbahn wieder ins Tal zu fahren.

Der Aufstieg schien Stunden und Tage zu dauern, in der Hitze verlor ich das Zeitgefühl, ich wollte nur durchhalten und endlich oben ankommen und bei jedem Seitenblick zu dir sah ich dein verkniffenes Gesicht, deinen Mund, der ganz schmal geworden war und deine Wut in den Händen, die zu Fäusten geballt waren. Ich sah, dass du in diesem Moment gehasst hast, und obschon ich diesen Blick und diesen Ausdruck von dir kannte, so habe ich dich nie wieder so sehr hassen gesehen, so voller Zorn und voller Gewalt in deinem Gesicht.

Damals nahm ich das nicht sehr ernst, ich war zwölf und vielleicht legt mein Gehirn auch heute all diese Gedanken auf vage Erinnerungen und alles war ganz anders. Das Gedächtnis ist ein Schuft, es ist löchrig und fehlerhaft, das Gehirn akzeptiert keine Lücken, also erfindet es zur Not einfach etwas dazu und vielleicht hast du an diesem Tag gar nicht gehasst, vielleicht warst du auch nur genervt oder wütend, aber ich weiß, dass etwas sehr Gewaltsames in dir vorging und dass ich dich niemals so gesehen hatte.

Als wir den Gipfel erreicht hatten, kehrten wir in einer Hütte ein, wuschen unsere schmutzigen Gesichter und aßen und tranken. Georg war wieder guter Stimmung und betonte, wie stolz er auf uns alle sei, dass wir schon eine richtig tolle Familie seien, was wir alles schaffen würden, meine Güte, da können sich andere mal ein Stück abschneiden. Mama lachte und sah glücklich aus, aber ihre Augen nicht, die sahen nur müde aus und ein bisschen verzweifelt, aber das war ja eigentlich immer so. Die Sonne schien uns ins Gesicht und ich glaube, ich war sehr erschöpft und auch ein bisschen stolz auf mich und dich, weil wir keinen Streit verursacht hatten, weil wir es bis hierher auf diesen Gipfel geschafft hatten.

Wir saßen dort vielleicht eine dreiviertel Stunde und ruhten uns aus, Georg trank Bier und Mama eine Weinschorle, das weiß ich noch genau, weil ihr Atem nach Alkohol roch und sie beide immer lustiger waren, wenn sie getrunken hatten. Aber auch hier: Vielleicht stellt mein Gehirn ihnen einfach die Gläser vor die Nase, vielleicht will es einfach, dass es genau so war, weil es so gut passte, weil es ja meistens nicht anders war. Irgendwann standest du einfach auf und Mama fragte: Was ist los, wo gehst du hin? Und du hast leise gesagt, dass du dich nur mal ein bisschen umsehen willst, und weg warst du.

Ich fühlte mich ein bisschen verraten von dir, ich fühlte mich alleingelassen und ich verstand nicht, warum du mich nicht mitnahmst. Du hattest mich doch immer mitgenommen, das war doch unsere stille, nie ausgesprochene Vereinbarung. Und du bliebst fort. Ich langweilte mich, ich wartete darauf, dass du wieder zu unserer Bank kommen würdest, aber du kamst nicht und während Georg und Mama in der Sonne dösten, entschuldigte ich mich, ich müsse auf die Toilette, und stand auf. Ich ging um das Haus herum, vorbei an vereinzelten Gruppen, die auf Bänken saßen und sich ausruhten oder unterhielten, und suchte nach dir. Ich war mir sicher, dass du nicht weit gegangen warst, du hättest mich nicht so völlig allein gelassen mit diesen beiden Menschen, von denen der eine die Mutter sein sollte und der andere der Herr im Haus und keiner das war, was sie sein wollten, sondern beide bloß, was sie sein konnten. Und das war nicht sehr viel.

Hinter der Hütte befand sich eine Art Veranda und ich hielt von dort nach dir Ausschau und entdeckte dich endlich ein paar hundert Meter entfernt am äußersten Rand des Felsens, auf dem die Plattform errichtet worden war. Ich lief über eine Wiese zu dir, fiel ein paar Mal fast, weil unter dem spärlichen Gras alles steinig und schwer zu passieren war, und als ich dich erreicht hatte, setzte ich mich neben dich und wartete darauf, dass du etwas sagen würdest.

Du schwiegst und sahst nur auf den Horizont, ein beeindruckender Ausblick, eine wunderschöne Sicht fast hinunter bis ins Tal.

»Hey«, sagte ich und stupste dich mit der Schulter an. Aber du reagiertest nicht und ich biss mir auf die Lippe und fragte mich, was ich tun konnte, damit du dein Schweigen brechen würdest. Du hattest den Kopf von mir abgewandt und ich erinnerte mich an unser Finger-im-Ohr-Spiel, das du erfunden hattest. Immer, wenn einer von uns sich dumm oder taub stellte, steckte der andere ihm einen feuchten Finger ins Ohr. Das Spiel war eklig für beide und fand deshalb äußerst selten Anwendung, aber in diesem Moment fand ich es angebracht, dir meinen nassen Zeigefinger ins Ohr zu stecken. Ruckartig drehtest du dich zu mir, schlugst meine Hand fort und sahst mich stumm an. Du hattest geweint, dein ganzes Gesicht war verquollen und voll roter Flecken und ich erschrak fürchterlich, weil ich geglaubt hatte, dass du nur schwiegst, dass du nur wie immer in dich gekehrt seiest. »Ich, entschuldige, ich habe nicht gemerkt, dass du weinst, was ist denn los, Theo, sag was, was ist denn bloß mit dir los?«, stotterte ich und versuchte, dich zu umarmen, aber du drücktest mich von dir fort und schwiegst und ich hielt es für besser, nun auch nichts mehr zu sagen.

»Weißt du, Theresa, manchmal frage ich mich, ob es besser ist, einfach weiterzumachen, oder ob es klüger wäre, einfach irgendwo runterzuspringen. Du musst jetzt keine Angst haben, weil ich dich niemals alleine lassen würde. Aber manchmal wünschte ich, ich könnte einfach springen.«

An diese Worte erinnere ich mich. An jedes einzelne. Ich erinnere mich daran, wie tonlos deine Stimme beim Aussprechen dieser Sätze war und ich erinnere mich daran, dass ich erstarrte und nicht begriff, was du da sagtest. Und dass ich es natürlich doch begriff und trotzdem nicht verstand, dass sich diese Worte einbrannten, viel tiefer und viel deutlicher, als jeder See es vermocht hätte. Ich weiß nicht, ob du danach aufgestanden bist und wir zurückgingen. Ich weiß nicht, was dann passierte. Ob wir vielleicht einfach sitzen blieben und ich die Luft anhielt und hoffte, dass das auch dieses Mal helfen würde.

An diesem Tag ist das Bild entstanden, das mir immer wichtig war. Man sieht eine Familie. Mutter, Vater, zwei Kinder. Das Mädchen ist zwölf Jahre alt und versucht ein Lächeln. Die Mutter umarmt den Vater und lacht, als wäre sie glücklich. Der Vater schaut stolz und hat die Hand auf den Kopf der Tochter gelegt. Daneben steht der Junge. Er ist fünfzehn und sein Blick ist leer. Es ist, als sei er eigentlich gar nicht auf dem Bild, sondern nur die Hülle von ihm, während er ganz woanders ist. Die Hülle ist hübsch und man sieht schon, dass er mal ein attraktiver Mann wird. Die Hülle ist mein Bruder. Die Hülle bist du. Und zum Glück habe ich mich damals schon daran gewöhnt, dich zu vermissen. Zum Glück habe ich damals schon begriffen, dass Luft anhalten manchmal einfach nicht mehr hilft.

Hier ist überall

1

Pauls Wohnung war so winzig wie erwartet. Männerwohnung. Spärlich eingerichtet. Aber: voller Kühlschrank. Bier, Tomaten, Butter, Milch, Fleisch. Ich war noch nie hier gewesen, hatte sie aber auf Bildern gesehen. Nach der Wende war Paul gleich nach Berlin gegangen. West-Berlin, Kreuzberg, leer stehendes Haus. *Wilde Zeit*, hatte er gesagt. Die Wohnung war umsonst gewesen. Einfach eingezogen, hätte ohnehin keinen interessiert. Irgendwann hatte jemand das Haus gekauft und ein wenig Miete verlangt. »Nicht so schön, aber kannste nicht ändern«, hatte Paul geschrieben, und Großmutter hatte verächtlich gelacht.

Auf dem Küchentisch fand ich einen Zettel: Gut, dass ich da sei. Dass ich keinen Unsinn machen sollte, hatte er nicht geschrieben. So etwas hatte Paul sich zum Glück schon immer gespart.

Die Fahrt nach Berlin hatte sechs Stunden gedauert, aber das war mir egal gewesen: Mit dem Auto war ich über die Autobahn geheizt, endlich raus aus der Stadt, endlich weg, endlich ein Jahr frei sein, alleine sein. Ein Jahr lang kein Jonas, keine Uni, keine Vorlesungen, kein Lernen, keine Arbeit, kein Kannst-du-mal und Machst-du-mal und kein

Blabla und keine Gesichter, die ich schon mein ganzes Leben kannte. Endlich zwölf Monate lang unbeobachtet sein. Das war das Wichtigste.

Paul hatte mir gesagt, dass ich die Wohnung das Jahr über haben könnte, wenn ich dafür sorgte, dass die Miete pünktlich überwiesen werden würde, und ich sie in Ordnung hielte. Birgit hatte die Sache mit dem Geld natürlich übernommen, so wie sie immer alles übernahm. Ich hatte genug gespart, und wenn es knapp werden würde, dann gab es in Berlin bestimmt die ein oder andere Bar, in der ich arbeiten konnte.

Am Abend fand eine Party bei Ben, einem ehemaligen Kommilitonen, statt. Ben war ein Jahr früher als ich weggegangen und hatte in Berlin in der Marketing-Abteilung eines Stromkonzerns angeheuert. Es hörte sich so an, als liefe es gut für ihn. Jedes Mal, wenn er anrief, war er kurz angebunden und sagte Dinge wie:»Ey, Leo, es läuft so geil, echt, so geil. Du musst unbedingt herkommen.« Als ich ihm gesagt hatte, dass ich ein Jahr in der Stadt verbringen würde, war er regelrecht ausgerastet vor Freude. Ich wusste bei Ben nie, ob er sich ehrlich freute, oder ob bei ihm einfach eine Art Programm ablief, das ihn zwanghaft und überdreht freundlich sein ließ.

Er hatte mich natürlich zu seiner Party eingeladen, zu der »nur die geilsten Leute« kommen sollten. »Lauter wichtige Typen«, hatte er gesagt und schrill gelacht. Mir war alles recht. Bens Party oder eine andere: Ich war endlich aus dem Kaff raus, endlich aus dem Gefängnis entlassen worden, hatte noch schnell viertausend Euro kassiert (Birgit:»Du sollst dir in dem Jahr ja auch etwas gönnen können.«) und jetzt konnte es losgehen, das wilde Leben auf einem Planeten namens »Berlin«, auf dem ich nicht jeden einzelnen Quadratmeter schon auswendig kannte, auf dem ich mich verlaufen, verirren und wiederfinden konnte und auf dieser Party würde es losgehen, das große Spiel.

Der Oktober war noch recht lau und als ich mich um halb zehn auf den Weg zu Bens Wohnhaus machte, beschloss ich, zu Fuß zu gehen. Ben wohnte am anderen Ende von Kreuzberg, ich hatte auf dem Straßenplan nachgesehen und festgestellt, dass ich mit einer der Buslinien fahren konnte, aber in diesem Moment erschien es mir reizvoller, meiner Nachbarschaft einen ersten Besuch abzustatten. Ich schlenderte durch die erleuchteten Straßen, vorbei an Grill-Imbissen und Handy-Shops, vorbei an geschlossenen Supermärkten und offenen Spätis, überall auf den Gehwegen standen Menschen, die sich lautstark unterhielten, Bier tranken, aßen und lachten, stritten und rauchten, und ich war berauscht von den Lichtern und Stimmen, von der Fülle, von der schieren Anwesenheit so vieler Körper auf so wenig Raum; mein ganzer Körper vibrierte und ich spürte mit jedem Schritt, dass meine Entscheidung richtig gewesen war. Diese Stadt und ich, dieses Jahr und weg, zwölf Monate Zeit, alleine oder zu zweit, weit weg oder bei mir, egal oder ganz wichtig, endlich mal da sein, wo ich war oder endlich mal nicht der Ort sein, der ich war, endlich mal irgendwer unter vielen oder keiner unter allen – hier zu sein hieß, überall zu sein.

Die Tür öffnete sich mit einem lauten Knall, jemand schrie: »Verdammt!«, und etwas Schweres fiel auf das graue Linoleum. Ein zweiter Kopf tauchte auf und rief mir entgegen: »Geil, Leo, du bist da, Mann!«, und riss an meinem Ärmel, während ich in die Wohnung gezogen wurde. Das fing ja gut an. Auf dem Boden lag der Kerl, der die Tür geöffnet hatte, und zog sich an meinem Hosenbein an mir hinauf, schüttelte mir die Hand, während Ben aufgeregt auf mich einredete: »So gut, dass du da bist, alter Freund, so gut. Darf ich vorstellen: Das ist Gauner, 'n Kollege von mir, hat'n bisschen Fallsucht, der Gute, willste 'n Bier? Komm erst mal mit in die Küche, da sind die anderen, ich stelle dir alle vor, bist du gut in Berlin angekommen, es ist geil hier, oder? Geile Stadt, hier geht so viel, du wirst sehen, das ist einfach DIE Stadt!« Bens Augen waren unnatürlich weit aufgerissen und glasig, sein Blick irre und fahrig.

Er zog mich hinter sich her, vorbei an Menschen, die in seinem engen Wohnungsflur standen und rauchten und sich an ihren Getränken festhielten und uns hinterherschauten, und mir fiel ein, dass ich vergessen hatte, Ben ein Gastgeschenk mitzubringen, aber Ben schien das gar nicht zu bemerken, oder vielleicht war ihm so etwas auch völlig egal.

In der verrauchten Küche drängelten sich ungefähr fünfzehn Menschen zusammen und Ben schrie in die Runde: »Leute, alle herhören, das ist mein Freund Leo, er ist gerade nach Berlin gezogen, seid lieb zu ihm!« Ich grinste und hob die Hand zum Gruß, aber keiner sagte irgendwas oder grüßte zurück und ich ließ die Hand wieder sinken und sah Ben fragend an, aber der zuckte nur mit den Schultern, drückte mir einen Plastikbecher in die Hand und sagte: »So schön, dass du hier bist, echt, viel Spaß!«

»Hallo, ich bin Lucia«, sagte die Rotweinflasche und ich sah auf. Es musste eine Menge Zeit vergangen sein, in der ich nur hier gestanden und getrunken hatte, denn ich brauchte eine Weile, bis ich begriff, dass nicht die Flasche, sondern eine Frau sprach, die neben mir stand und nach dem Wein in meiner Hand griff. »Hallo Lucia«, murmelte ich, während ich im falschen Moment losließ und die Flasche zu Boden fiel.

Lucia sprang geräuschlos zur Seite, daran erinnerte ich mich, völlig geräuschlos machte sie einen Satz und presste sich dabei an mich und ich war beeindruckt von der Tatsache, dass sie nicht schrie oder so etwas sagte wie: »Verdammt, pass doch auf!« oder »Huch!«, dieses »Huuuch«, das Mädchen immer von sich gaben, wenn sie sich erschreckten. Ich spürte Lucias Wärme an meiner Schulter und dann ihren Atem an meinem Ohr und sie sagte leise: »Ich muss das auswaschen.« Auf ihrem T-Shirt hatte sich ein violetter, faustgroßer Fleck gebildet und ohne eine Aufforderung folgte ich ihr, selbstverständlich folgte ich ihr, denn ich hatte all das bemerkt: die Augen, die Wölbung unter dem T-Shirt, die vollen Lippen, die Sommersprossen. Das genügte, um ihr hinterher zu gehen, zurück durch den Flur, vorbei an Ben, an den Gestalten im Wohnzimmer, die jetzt alle auf dem Boden saßen.

Sie schloss die Badezimmertür hinter uns, zog sich das T-Shirt über den Kopf und ließ das Wasser laufen. Sie schien sich keine Sekunde für ihre Nacktheit zu schämen und ich bekam eine Erektion, während ich ihren Hintern und ihre nackten Schulterblätter betrachtete und sie sich über das

Waschbecken beugte. Lucia hatte lange rötliche Haare, ihre Schultern und ihr Rücken waren übersät von Sommersprossen und sie war sehr zierlich. Ich war zu betrunken, um wahrzunehmen, welche Augenfarbe sie hatte, aber ich war mir ziemlich sicher, dass Lucia die schärfste Frau auf der Party war und noch bewusster war ich mir der Tatsache, dass diese Frau und ich uns gerade zusammen in einem Badezimmer befanden und einer von uns kein Oberteil mehr trug.

Lucia drehte sich zu mir um: »Wir müssen warten«, sagte sie und hängte ihr nasses T-Shirt über die Duschvorhangstange neben dem Waschbecken. Sie setzte sich auf den Badewannenrand, ihr Bauch wölbte sich ganz leicht über den Bund ihrer Hose und ich bemerkte, dass sie nichts tat, um das zu verstecken.

»Ich kann draußen warten«, schlug ich vor und sie lachte.
»Quatsch. Warum solltest du? Du bist schuld daran und mir wird sehr schnell langweilig. Aber keine Sorge, ich habe etwas, mit dem wir uns die Zeit vertreiben können.« Aus ihrer Hosentasche zog sie ein winziges, in Aluminium eingewickeltes Päckchen, faltete es auseinander und legte es neben sich. Sie forderte mich auf, neben ihr Platz zu nehmen und ich setzte mich.

Lucia zog vier perfekte Linien für uns auf dem beigen Badewannenrand. »Hast du so etwas schon mal probiert, Leo?«, fragte sie mich, als sie mir einen zusammengerollten Zwanzigeuroschein reichte. Ich nickte. Das war gelogen und ich sah, dass Lucia wusste, dass ich nicht die Wahrheit sagte, aber sie ließ mich trotzdem ziehen. Und ich erinnerte mich

daran, was ich in all den Filmen und in all den Serien gesehen hatte: ein Nasenloch zuhalten und atmen. Wechseln.
Durch den Mund ausatmen. Und dann: Licht atmen.

Lucias Brüste fühlten sich weicher an als alles, was ich bisher
berührt hatte. Ich griff unter ihren Hintern, hob sie auf das
Waschbecken und presste sie gegen den Spiegel. Ihre Haut
roch nach dieser Creme, deren Namen ich vergessen hatte.
Ich hatte alles vergessen, was nicht Lucia war. Ich küsste
ihren Hals, ihre Lippen, ihren Hals, ihr Schlüsselbein, ihre
Brüste, ihren Hals, immer wieder diesen wunderbaren Hals.
Ich drückte mich zwischen ihre Beine, so gierig, so dring-
lich, so unbedingt wie niemals zuvor. Ich konnte mich nicht
daran erinnern, jemals etwas so sehr gewollt zu haben wie
dieses Mädchen. Lucia wand sich unter mir und lachte immer wieder laut, ich hörte ein Klopfen, jemand schrie etwas,
es war mir egal.

Ich riss an ihrer Jeans, an ihrem Gürtel, der sich nicht öffnen ließ, bis sie ihn endlich selbst öffnete und meine Jeans
gleich mit; ich zog sie auf den Boden und legte mich auf sie.
Da war Lucia nun und sie lachte dieses Lachen, dieses hohe,
strahlende Lachen, und sie sagte: »Ich wusste es, Leo, als du
in die Küche kamst, wusste ich es!«, und ich hatte keine Ahnung, was sie damit meinte, aber es war mir egal, denn da
war auch schon ihre Hand an meinem Schwanz und eine
andere Hand an meinem Hintern und dann war ich in ihr
und alles, was ich dachte, waren keine Worte, keine Töne,
nicht einmal irgendwelche Laute, sondern nur noch Licht-
reflexe.

Lucia stöhnte und kratzte, sie biss mich und hielt sich an mir fest und ich hörte, dass von außen jemand an die Badezimmertür hämmerte und schrie: »Was zum Teufel ist da drinnen los? Nehmt euch ein Zimmer oder so!« Und Lucia lachte wieder und sagte: »Mach weiter, Leo, mach einfach weiter.« Ich hatte das Gefühl, als könnte ich tatsächlich ewig einfach so weitermachen, ich fühlte mich stark und geborgen, weich und warm und wach, unheimlich wach. Ich wollte Lucia erzählen, wie schön sie war, dass sie die beste Frau war, die mir je begegnet war, dass sie die tollsten Brüste hatte, die ich je angefasst hatte, dass ich sie liebte und heiraten würde, dass das der beste Sex war, den ich je hatte und dass sie nie wieder weggehen durfte. Ich hatte das Bedürfnis, sie gleichzeitig zu ficken und mit ihr zu reden, sie zu küssen und ihr alles über mich zu erzählen, es gab so viel zu sagen, aber dann war es vorbei und ich zog mich aus ihr zurück und setzte mich neben sie auf den Boden und bekam einen unheimlichen Lachanfall und dann Schluckauf, wovon auch immer. Und dann wollte ich mehr.

»Das ist immer so«, sagte Lucia, die sich neben mir anzog und dann aufstand. »Das reicht fürs erste Mal. Zieh dich an, ich möchte gehen.« Sie zog ihr T-Shirt von der Duschstange und über ihre wirren Haare. Die Klarheit, das grelle Licht des Badezimmers, das von einer Neon-Röhre über dem Waschbecken beleuchtet wurde, trafen mich mit einer Heftigkeit, die mich für einen Moment würgen ließ.

»Das geht gleich vorbei. Zieh dich jetzt endlich an, Leo«, sagte Lucia und sah mich ungeduldig an.

Noch bevor ich begriff, was passierte, war Lucia verschwunden. Ich wankte aus dem Bad, ließ die Beschimpfungen derer über mich ergehen, die vor dem Bad gewartet haben mussten, und machte mich auf die Suche nach Ben. Ich fand ihn völlig weggetreten im Wohnzimmer auf dem Boden.

»Ben, hey, Alter, ich gehe nach Hause.« Er reagierte nicht und ich begann gerade, mir Sorgen zu machen, als ich mich umsah und bemerkte, dass in diesem Raum jeder aussah wie Ben. Auf dem Glastisch standen leere und halb leere Wodka- und Tequila-Flaschen, der Aschenbecher war umgekippt und eine Zigarette hatte den Teppich angeschmort. Ich trat mit dem Fuß darauf, warf die Zigarette in eine Bierflasche auf dem Tisch und mein Blick fiel auf das Aluminiumpapier daneben. Ich sah mich um und versicherte mich, dass niemand hier mehr in der Lage war, meine Anwesenheit auch nur zu bemerken. Dann nahm ich die letzten Krümel aus dem Blech, zerkleinerte sie so, wie Lucia es getan hatte, zog alles und verließ Bens Wohnung.

Draußen sah ich zum ersten Mal seit Stunden auf meine Uhr. Es war mittlerweile fünf Uhr morgens und ein leichter Nieselregen hatte eingesetzt. Ich fühlte mich wach, stark, an Schlaf war nicht zu denken. Ich wusste nicht, wohin, aber ich wusste, dass ich erst am Anfang war.

Ein paar Stunden später fand ich mich an einem Kanal wieder, wie es viele in Berlin zu geben schien. Ich war durch die Straßen geirrt, hatte mich in Eckkneipen verlaufen bis ich kein Geld mehr im Portemonnaie gehabt hatte, hatte geraucht und gemerkt, dass ich das Rauchen vermisst hatte, hatte gekotzt und irgendetwas gegessen und schließlich von meinem letzten Kleingeld eine Flasche Wasser besorgt und war eine kleine Treppe hinuntergestolpert, die zum Wasser geführt hatte.

Der Regen hatte sich gelegt und eine kalte Oktobersonne ging über Berlin auf, während ich allein und frierend am Ufer saß und langsam trank. Der Durst kam plötzlich und heftig. Und erst, als ich trank, wusste ich, dass ich überhaupt durstig gewesen war.

Ich betrachtete die Häuserreihe auf der gegenüberliegenden Seite des Kanals. Die Tränen kamen plötzlich und heftig. Und erst, als mein Handy vibrierte und ich die Nachricht von Jonas las, der schrieb: »Hallo Leo, gehe jetzt zur Arbeit, hoffe sehr, dass du eine wunderbare erste Nacht in Berlin gehabt hast. Wir vermissen dich alle. Dein Jonas«, wusste ich, warum.

2

Die nächsten sechs Monate verbrachte ich kaum in der Wohnung und überwiegend in Lucias Bett. Ben hatte dafür gesorgt, dass wir uns ein paar Wochen später in einer Bar wiedertrafen, und nachdem wir erst einmal miteinander gesprochen hatten, ahnte ich, dass ich Lucia niemals würde lieben können, dass sie ohnehin eine jener Frauen war, die schon zu Beginn sagten: »Verlieb dich ja nicht in mich«, und das auch so meinten. Mir war das recht, denn ich hatte nicht vor, mich in Berlin zu binden, und je besser ich Lucia kennenlernte, desto sicherer wurde ich mir, dass dieser Imperativ eine Art weise gewählter Schutzschild war, den sie völlig zurecht vor sich hielt.

Berlin umarmte mich so fest, dass ich bisweilen kaum noch Luft bekam, so sehr war ich damit beschäftigt, alles zu sehen, alles zu entdecken, nichts zu verpassen, hinter jede Ecke zu sehen, in jedes Loch zu fallen, jede Leiter zu erklimmen, auf jedes Dach zu klettern. Ich wollte alles sehen, alles fühlen und alles mitnehmen, ich wollte keine Sekunde davon verpassen, und Lucia und Ben sorgten dafür, dass ich nie allein war, nie darüber nachdenken musste, was ich zurückgelassen hatte oder was noch vor mir lag. Tagsüber streifte ich mit Lucia durch die Straßen der Stadt, saß in Cafés und Restaurants, auf Bänken, Stühlen oder Sofas und redete oder trank oder rauchte oder schwieg; wenn Ben von der Arbeit kam, zogen wir durch die Bars und Clubs, betranken uns, schmissen irgendwas, zogen dies und das, wankten nach Hause oder in den nächsten Club oder zu jemandem, der uns mitnahm. Ich war nie einsam, ich war nie nüchtern, ich war nie so sehr da wie in diesen sechs Monaten. Der Winter in Berlin kroch uns in die Knochen und in die Köpfe, eine nie gekannte Kälte legte sich über die Stadt und ich fror, wie ich noch nie zuvor gefroren hatte. Der Frühling kam mit einem Jauchzen über die Stadt, das mir ebenfalls fremd war, kam ich doch aus einer Gegend, in der alles so viel milder war, die Menschen, die Jahreszeiten, die Art zu gehen, zu reden, sich zu verabschieden.

Die Tage verbrachten Lucia und ich im Juni oft in einem Park, der zwischen Neukölln und Kreuzberg liegt. Auf einer Decke starrten wir den Himmel an und erzählten uns irgendwas, langsam gelangweilt voneinander. Ich wusste nicht, ob sie auch mit anderen schlief, Ben hatte so etwas angedeutet und ich hatte so getan, als sei mir das völlig gleichgültig. Sie war zu einem festen Teil meines Lebens geworden, aber trotzdem *erschien* sie austauschbar, denn der feste Teil hieß nicht »Lucia«, sondern nur »Frau, mit der ich regelmäßig schlafe« – dachte ich. Ohnehin war ich in den letzten Tagen sehr oft in Gedanken bei einem ganz anderen Menschen: bei Jonas.

Jonas schrieb mir lange und wehleidige Briefe, über die Kollegen, die ihn nicht verstehen würden, über die Arbeit, die langweilig sei, über Projekte, von denen ich nichts verstand, und über die Stadt, die ich schon fast vergessen hatte. Von Hannah schrieb er sehr selten und ich war schon besorgt, dass er sie vergrault hatte, bis er Anfang Juni erwähnte, dass sie zusammengezogen seien. Ich freute mich für die beiden, war aber auch von einer plötzlichen Unzufriedenheit ergriffen, die ich nicht recht einzuordnen wusste.

Neben mir plapperte Lucia unaufhörlich vor sich hin, dann klingelte ihr Telefon und ich hörte, wie sie sagte: »Aber klar kommen wir da mit!«, dann legte sie auf und boxte mich in die Rippen. »Heute Abend! Ben, du und ich! Im K!« Ich gähnte.

»Ach, wirklich.«

»Sei kein Spielverderber. Das wird lustig.« Sie zündete sich eine Zigarette an und blies mir den Rauch ins Gesicht. Ich fragte mich, wann ich begonnen hatte, mich unwohl in ihrer Gegenwart zu fühlen – und ob dieses Unwohlsein nicht eher ein Hunger war, der sich nicht stillen ließ, ein Knurren, ein Schmerz, der lauter wurde, weil etwas anderes leiser wurde: Die Stimme, die besänftigte, die sagte, dass die Hälfte auch reichte, dass ein bisschen besser war als zu viel von gar nichts.

»Komm schon, Leo, du, ich und Ben, so wie immer. Wir drei und Mr. Spaß!«, sagte sie.

»Wie wäre es, wenn wir mal in ein Theaterstück gehen? Oder zu einer Lesung?« Ich meinte das nicht ernst, wollte aber sehen, wie sie reagierte.

»Wenn ich mir vorher was reinziehen kann, wird es bestimmt lustig. ›Faust‹ auf Speed stelle ich mir super vor.«

»Ja, was auch immer.«

Sie legte den Kopf schräg und sah mich an. Dann hob sie vorsichtig den Arm, strich mir mit der Hand durchs Haar und berührte mit der Spitze ihres Zeigefingers meine Wange. Ich war mir sicher, dass sie mich noch nie so angesehen hatte. Dass sie noch nie still gewesen war. Dass sie mich noch nie auf diese Weise berührt hatte. Ich sah sie an und sah zum ersten Mal, dass ihre Augen nicht eine Farbe, sondern drei hatten. Ich hielt die Luft an und fand sie schön. Ich war nicht scharf auf sie, ich wollte sie nicht vögeln, ich wollte sie nicht anfassen. Ich fand sie für einen Moment einfach nur unsagbar schön. Dann zog sie ihre Hand zurück, drückte die Zigarette aus und sagte: »Lass uns was für heute Abend besorgen.«

Ein paar Stunden später zogen Ben, Lucia und ich die ersten Lines, tranken die ersten Flaschen leer, hörten Bens Elektro-Musik, die ich ausschließlich in diesem Zustand ertrug, und schrieen uns gegenseitig sinnlose Worte zu, die uns im gleichen Moment durch den Kopf gingen. Wir dachten schon lange nicht mehr über das nach, was wir sagten, wir öffneten nur noch unsere Münder und gaben Laute von uns. Das hier war keine Kommunikation, das hier war nur noch Kotzen mit Lauten.

Ich betrachtete Lucia, die seit dem Nachmittag verändert schien. Sie erschien mir schöner und auch irgendwie zarter, aber ich konnte nicht ausmachen, woran das lag. Vielleicht waren es ihre Augen, vielleicht ihre Hände, vielleicht die Tatsache, dass mir aufgefallen war, dass sie immer dünner und dünner wurde. Vielleicht war ich auch einfach ein riesiger Idiot, der das Offensichtliche, das direkt vor ihm lag, nicht erkannte. Ben tanzte vor uns mit einer Flasche Champagner in der Hand, die er aus dem Firmenkühlschrank gestohlen hatte, trank, tanzte und rauchte. Lucia lehnte sich an mich, lächelte leise und reichte mir einen Joint. Als sich unsere Hände berührten, seufzte sie leise, erhob sich dann und wankte zur Toilette.

Ich stand auf, drückte den Joint aus und drehte die Anlage runter. Ben protestierte, aber ich scheuchte ihn in den Flur und drängte zum Aufbruch. Als Lucia aus dem Bad kam, hakte sie sich zwischen uns ein und für einen Moment dachte ich, dass das hier zu Hause war, dass das hier einer der Momente war, für die sich alles lohnte, jeder Schmerz, jedes Warten, jeder Abschied und jedes Nicht-mehr-Weiterkommen. Das hier war so viel mehr, als ich mir erhofft hatte. Und so viel weniger. Denn nichts davon war echt. Aber der Glitzer, der sich auf unsere Netzhäute, auf die Synapsen und in die Luft gelegt hatte, ließ uns jede Sekunde denken, dass das hier der Superlativ eines Superlativs war. Bis die Nase blutete und der Kopf schrie, dass endlich jemand das Licht ausmachen sollte. In diesem Moment war alles Licht, waren unsere Augen Scheinwerfer, unsere Zellen kleine Kraftwerke. Dunkel oder nicht: Darüber würden wir erst später wieder nachdenken.

Wir wankten zu dritt in die S-Bahn, zwanzig Minuten Fahrt, dann umsteigen, dann in den Bus, dann in den Club, Garderobe, Jacken wegstecken, vorher das Zeug raus, dann an die Bar, dann auf die Tanzfläche. Wir tobten, wir schrien, wir hielten uns aneinander fest, Lucia glitzerte im Licht und ich roch ihren Schweiß und ich atmete ihn ein und ich küsste sie und sie schmeckte nach Gin Tonic und nach Cola und nach Sommersprossen und dann war sie plötzlich verschwunden.

Ich ging auf die Toilette und dann zurück an die Bar, aber ich fand weder sie noch Ben und wurde langsam unruhig. Die Musik erschien mir mit einem Mal schrecklich laut und so, als stünde die Bassbox in meinem Magen; in meinem Rachen sammelte sich Speichel und ich wusste, dass ich mich würde übergeben müssen, wenn ich nicht sofort frische Luft bekam. Auf dem Weg nach draußen stieß ich gegen Menschen und Wände, mein Herz raste und ich bekam kaum Luft, ich wusste, dass etwas nicht stimmte, und ich ahnte, dass das etwas mit meinem Herzen zu tun haben musste – wie sehr ich recht behalten würde, wusste ich in diesem Moment noch nicht.

Vor dem Club wankte ich ein paar Schritte über den asphaltierten Platz und versuchte, mich zu beruhigen. Ich ging in die Hocke und atmete langsam ein und aus, sprach in Gedanken mit mir. Alles ist in Ordnung, Leonhard, du bist nur dehydriert, du bist nur unterzuckert, das ist der Sauerstoffmangel, die Drogen, der Alkohol, der Kreislauf, Angst, eine Überreaktion, ein bisschen Durchdrehen. Du hast in letzter Zeit nicht gut auf dich geachtet, zu wenig gegessen, zu viel getrunken, zu wenig geschlafen, und dass das nicht ewig gut gehen würde, hättest du wissen müssen, als das Nasenbluten begonnen hat. Einatmen und konzentrieren, ausatmen und das Herz anhalten. Dann aufstehen und Lucia suchen. Sie weiß, was zu tun ist. Lucia weiß es. Sie hat es doch selber gesagt:»Ich wusste es, Leo, als du in die Küche kamst, wusste ich es!«

Ich stand langsam auf und sah mich um. Der Vorplatz war eingezäunt und ziemlich abgelegen, ein paar dunkle Gestalten standen in Grüppchen oder vereinzelt beieinander und der dumpfe Bass aus dem Inneren des Clubs dröhnte hinter mir. Die Straße, an der die Bushaltestelle gelegen war und an der wir ausgestiegen sein mussten, war jetzt nur noch wenige Meter entfernt und ich ging durch das geöffnete Tor hindurch und sah, dass das Wartehäuschen verlassen war. Ich drehte mich um und ging ziellos ein paar Schritte zurück, bog dann nach rechts und sah etwa hundert Meter entfernt zwei Bänke, von denen eine besetzt war. Ausruhen, dachte ich, noch einen Moment ausruhen und dann nachdenken, was zu tun wäre. Und dann sah ich sie.

Lucia saß auf Ben und bewegte kreisend ihre Hüften, ihre Arme waren um seinen Hals geschlungen und seine Hände lagen auf ihrem Rücken. Er hatte sie fest umfasst und ich hörte, wie er leise stöhnte, und als ich näher kam, hörte ich ihr Lachen, dieses Lachen, von dem ich geglaubt hatte, dass es *mein* Lachen wäre, dass es geboren worden war in einem Badezimmer in Kreuzberg in einem Moment, der nur uns beiden gehörte, in einer Blase aus Zuckerwatte und Euphorie, aus Gier und plötzlicher, unbedingter Nähe. Sie lachte und warf ihren Kopf in einer unnatürlichen Bewegung zurück, verdrehte dabei die Augen, und während sich unsere Blicke für einen Moment trafen, lachte sie noch lauter, rief: »Leo!«, und hob einen Arm, als wolle sie nach mir greifen. Ich sah Ben an, der ebenfalls lächelte, ein dümmliches, ein unschuldiges Lächeln, und ich konnte keine Reue und keine Empfindung in seinem Blick ausmachen, nur ein Erkennen meiner Person, mehr nicht.

Ich war von einem plötzlichen Ekel erfasst und fühlte mich gleichzeitig auf eine seltsam überhebliche Art von der Verantwortung befreit, als Erster zu reagieren. Um ehrlich zu sein: Ich war kurz davor, zu lachen. Das hier war so erbärmlich, so abwegig und gleichermaßen vorhersehbar gewesen, dass ich mich außerstande sah, etwas zu sagen oder mich zu bewegen; ich stand nur da und starrte, sah, wie Lucia den Arm zurückzog, umständlich von Ben hinunterkletterte und auf mich zuging, dabei grinste wie ein Kind und etwas sagte, das ich nicht verstand. Ben zündete sich eine Zigarette an und schloss seinen Gürtel, steckte sein Hemd zurück in die Jeans und sah zu Boden. Als Lucia mich erreicht hatte, legte sie vorsichtig eine Hand auf meinen Arm und die andere auf meine Wange, wie sie es am Mittag getan hatte, aber dieses Mal ertrug ich ihre Geste nicht und schlug ihre Hand weg.

Ben stand auf und sah mich an.

»Kein Grund, aggressiv zu werden, Leo. Du kannst gerne mitmachen. Ist doch nur Spaß. Ist doch alles nur Spaß«, sagte er und schnippte seine Zigarette fort. Wir standen uns jetzt direkt gegenüber, zwischen uns Lucia, die erschrocken ihre Hand weggezogen hatte und jetzt offensichtlich nicht mehr wusste, wohin sie gehen und zu wem sie sich wenden sollte. Verloren sah sie zwischen uns hin und her und schüttelte immer wieder den Kopf.

»Ja. Spaß. Ich kann gar nicht mehr aufhören zu lachen, Ben. Siehst du, du kleiner Wichser, wie ich lache? Das ist alles so witzig, nicht wahr? Die Freundin eines Freundes vögeln: witzig. Nichts mehr ernst nehmen: witzig. Alles richtig, richtig witzig. Alles ein riesiger Spaß. Nichts bedeutet mehr irgendwas, oder, Ben?«

Ben lachte und ging einen Schritt auf mich zu. Instinktiv wich Lucia zurück.

»Ach, jetzt nimm das doch nicht alles so schwer, Leo. Ich dachte, dass du und Lucia eher so eine Art Zweckgemeinschaft seid. Ich wusste ja nicht, dass du Ansprüche auf sie erhebst.«

»Wenn ich dazu auch mal etwas sagen darf«, unterbrach Lucia uns jetzt und ich drängte mich an ihr vorbei und griff nach Bens Hemdkragen.

»Das ist hier alles nicht witzig, verstehst du? Nichts davon! Das ist alles nur erbärmlich. Und das Schlimme ist, dass ich kein Stück besser bin. Du hast recht: Ich erhebe *keinen Anspruch auf Lucia*, genau *das* ist auch das Problem. Macht, was ihr wollt. Werdet glücklich oder nicht, bringt euch gegenseitig um oder nicht. Mir ist es egal. Und das ist sowieso das Schlimmste von allem: Mir ist es egal«, schrie ich und dann ließ ich ihn los und drehte mich um und ging.

Ich lief einfach los, über den Platz, durch das Tor, vorbei an der Haltestelle, durch das Industriegebiet, immer weiter geradeaus, schwitzend, frierend, irgendwas, mein Körper sendete so widersprüchliche Signale wie meine Gedanken, die mir nicht erklären wollten, warum ich tat, was ich tat, warum ich dachte, was völlig unsinnig war, warum ich lief, während ich eigentlich schlief. Ich lief so lange, bis ich die ersten Straßen erkannte, setzte mich auf eine Bank und heulte. Und dann zog ich mein Telefon aus meiner Jeans und wählte Jonas' Nummer.

»Leo, es ist sechs Uhr morgens, ist was passiert?«
»Ja, nein, ich wollte nur mal hören, wie's dir geht.« Meine Stimme klang unnatürlich schrill, hysterisch, er würde merken, dass etwas nicht stimmte.
»Mir geht's gut. Ich bin gerade aufgestanden. Aber ich habe nicht damit gerechnet, dass du mich so früh am Morgen anrufst. Ist wirklich alles in Ordnung?«
»Ja, alles total super. Geile Stadt. Wirklich. Ich komme gerade aus einem Club. Geile Stadt.«
»Hmhm«, sagte Jonas.
»Wie geht's Hannah?«
»Sie schläft noch.«
»Aber ihr geht's gut, ja? Euch geht's gut?«
»Hm. Meistens ja. Sie macht eine schwere Zeit durch.«
»Weißt du, Jonas, ich glaube, alle machen im Moment eine schwere Zeit durch. Man kann sich einfach auf gar nichts verlassen. Man sollte besser niemandem vertrauen. Am besten ist, man schaut, dass man nur sich selber vertraut.«
Jonas schwieg einen Moment.
»Komisch, dass du das so sagst. Ich vertraue Hannah eigentlich. Ich glaube nur nicht, dass Hannah mir vertraut. Oder sich selber. Aber das kennst du ja.«

»Was kenne ich?«

»Das fehlende Vertrauen. Du hast dich doch noch nie auf jemanden wirklich eingelassen«, sagte Jonas.

An diesem Morgen betrat ich zum ersten Mal seit sehr langer Zeit Pauls Wohnung. Als ich die Tür aufschloss, hatte ich das Gefühl, seit mindestens vier Wochen nicht dort gewesen zu sein. Und vermutlich stimmte das sogar. Im Grunde wusste ich nicht einmal, wo ich die letzten sechs Monate verbracht hatte. Ich war in einem Dazwischen verloren gegangen, zwischen Lucias Beinen, zwischen einem Rausch und dem nächsten, zwischen einem Club und einer Bar, zwischen zwei S-Bahn-Haltestellen und zwei Gesichtern, zwischen zwei Augenblicken und zwei Jahreszahlen, zwischen zwei Städten und zwei Lebensentwürfen, von denen einer falscher war als der andere. Ich hatte zwei Freunde gehabt und eigentlich keinen, ich hatte in zwei Städten gelebt und eigentlich gar nicht, ich war umhergeirrt und hatte mich verlaufen, ich hatte einen Plan befolgt, der keiner gewesen war, ich hatte frei sein wollen und war dabei eigentlich nur unendlich lächerlich gewesen. Ich hatte nicht geliebt und nicht begehrt, ich hatte nur gewollt und gezetert, getreten und gejammert, ich hatte mich so völlig verirrt und geirrt, dass ich am Ende nichts hatte außer Kopfschmerzen und eine blutige Nase und Heimweh nach einem Zuhause, in dem niemand war und niemand wartete und niemand mich je erwartete.

Ich hatte Lucia nicht geliebt, so wie ich keine bisher geliebt hatte, aber am Nachmittag hatte ich eine Ahnung davon bekommen, wie es sein könnte, wenn es so wäre, wie es sich anfühlen würde, wie es sein könnte, wenn sie keine Begebenheit, sondern ein Name auf meinem Herzen wäre, wenn sie nicht Zufall, sondern Wille wäre, wenn sie wirklich meine Lucia geworden wäre. Wenn sie sich eingelassen hätte. Wenn ich mich eingelassen hätte. *Aber verlassen, verlassen konnte man sich ja immer nur auf sich selbst.* Das war es doch, das Menschen wie ich, Menschen wie Lucia erzählten, während sie alleine und heulend auf Parkbänken saßen und mit jenen telefonierten, die in Wohnungen standen, in denen jemand schlief, von dem sie annahmen, dass er sie liebte. Das war es doch, was Menschen wie ich sagten, die aus Clubs stolperten und suchten und nichts fanden und wenn sie etwas fanden, dann nur Dinge, von denen sie lieber keine Ahnung gehabt hätten. Menschen wie ich saßen am Ende immer alleine in Wohnungen. Weil Menschen wie ich sagten: »Ich verlasse mich auf niemanden.« Und am Ende waren wir nur eines: verlassen.

3

Sie haben damals alles weggeschmissen. Das ist das Einzige, an das ich mich erinnern kann. Dass danach nichts mehr da war. Ich kann mich nicht an ihre Gesichter erinnern und manchmal nicht mal an ihre Namen. Ich weiß, dass ich sie »Mama« und »Papa« genannt habe. Ich weiß, dass alle Erinnerungen vor dem vierten Lebensjahr eines Menschen Einbildung sind. Man glaubt, sich erinnern zu können. Aber alles Trugbilder, alles nur Wille, damit da nicht nur Schatten und Rauschen ist. Ich weiß, dass ein Mensch erst mit vier Jahren mit dem Lügen beginnt. Ich habe lange darüber nachgedacht, wie diese beiden Dinge zusammenhängen können.

Meine Eltern sind weggefahren und nicht wiedergekommen. Aus einem Wochenende ist ein Leben geworden oder besser: ein Nicht-Leben für sie, für mich ein Leben ohne sie. Ich habe danach eine Zeitlang bei meinen Großeltern gelebt, die für Jonas' Eltern arbeiteten. Jonas kannte ich schon. Erst waren wir Fremde, dann waren wir Freunde, dann waren wir Brüder. Dazwischen lagen ein Jahr, ein doppelter Todesfall und ein Umzug. Mitgenommen habe ich damals nichts außer einem Koffer und ein paar Büchern. Den Rest haben sie hinter dem Schuppen verbrannt. Dann sind meine Großeltern weggezogen, hat Jonas erzählt. Viele Jahre später. Als er glaubte, dass ich es ertragen würde. Dass ich es besser ertragen würde als die Großmutter und der Großvater, die weggingen, nachdem alles verbrannt, nachdem alles vernichtet war, was Erinnerung war.

Nur das Kind, das ich war, das konnten sie nicht einfach so ignorieren. Das war da. Und deshalb sind sie eben gegangen. Und ich blieb bei Birgit und Sebastian und Jonas. Und wir spielten Mutter und Vater und Sohn. Und Leonhard.

Jonas schrieb mir weiterhin Briefe, die ich weiterhin nicht beantwortete. Ich saß auf Pauls Balkon und trank Wein. Lucia und Ben sah ich nicht mehr, und nachdem ich ein paar Wochen ihre Anrufe ignoriert hatte, war es still in der Wohnung geworden. Ich war allein und ich war betrunken. Ich schwitzte und ich hatte angefangen, nachzudenken. Ich dachte in Schleifen und ich dachte darüber nach, was ich in ein paar Monaten tun würde, wenn ich zurückfahren würde. Ob ich zurückfahren sollte. Und wenn ja: wohin zurück. Ob es da überhaupt noch einen Ort gab, an den zurückzukehren es sich lohnte. Ob da noch jemand wartete. Ob überhaupt irgendwann irgendjemand jemals auf mich gewartet hatte.

Wenn es zu schlimm wurde, verließ ich die Wohnung und schlich durch die Straßen der Nachbarschaft. Ich wartete immer so lange, bis die Straßenbeleuchtung anging, dann fühlte ich mich sicher genug und machte mich auf den Weg. Ich hatte kein Ziel und es gab auch keine Richtung, die ich immer einschlug. Die einzige Entscheidung, die ich traf, lautete: nach rechts oder nach links. Ich lief so lange, bis ich müde wurde, und dann ging ich nach Hause, kaufte mir auf dem Weg noch einen Liter billigen Fusel und betrank mich vor dem Fernseher so lange, bis ich kotzen musste oder schlafen konnte oder beides. Ich wusste nicht, was mit mir nicht stimmte, aber ich wusste, dass irgendetwas passiert war, dass ich auf dem Weg kaputtgegangen war und dass mir der Wille fehlte, daran auch nur das Geringste zu ändern.

Im August schließlich kam ein Brief von Jonas, der sich Sorgen machte. Er schrieb, dass er mich nicht erreichen könne und nicht wisse, wo ich steckte und dass auch Birgit und Sebastian wissen wollten, ob alles in Ordnung sei. Auf Pauls Anrufbeantworter fand ich sechsundvierzig Nachrichten, die ich mir erst anhörte, nachdem ich zwei Flaschen Wein getrunken und einen Joint geraucht hatte. Die letzte Nachricht war von Jonas.

»Leo, ich weiß nicht, wie oft ich mir schon diese wirklich völlig bescheuerte Ansage anhören musste, aber ich mache das natürlich wirklich gerne und ich mache es auch noch hundertmal, wenn du dann endlich zurückrufst. Was ich nicht weiß, ist, was in Berlin mit dir passiert ist. Ich meine, du klangst wirklich merkwürdig, als wir vor ein paar Wochen gesprochen haben, und ich mache mir langsam ernsthaft Sorgen und wenn du dich nicht in den nächsten Tagen meldest, komme ich vorbei und schaue höchstpersönlich nach dir. Ich … Keine Ahnung. Du fehlst mir hier und ich weiß nicht –*

Wir waren noch nie so lange voneinander getrennt und obwohl du ein richtiges Arschloch bist, ist es komisch ohne dich und das Jahr muss bald vorbei sein. Also, ruf mich endlich zurück, verdammt. Los. Ruf mich an.«

Die Nachricht hatte Jonas vor zwei Tagen auf dem Tonband hinterlassen. Mein Handy hatte ich schon vor drei Wochen in einem Wutanfall vom Balkon geschmissen. Und jetzt war da Jonas. Und Jonas' Stimme. Und sie war so anders als das, was in seinen Briefen stand. Ich lag auf dem Holzfußboden von Pauls Wohnung, rauchte und hörte die Nachricht sieben Mal. Es war dunkel im Zimmer, durch die geöffnete Balkontür drang der Lärm der Straße unter mir und alles, was ich hörte war: Jonas. Ich hatte das Gerät vom Tischchen aus dem Flur genommen, hatte so lange an dem Kabel gezerrt, bis ich es endlich ins Wohnzimmer hatte tragen können und nun lag ich da und hörte meinem sechshundert Kilometer entfernten Freund zu, meinem Bruder und Gefährten, meinem Zuhause und Echolot.

Jonas war immer da gewesen, vom ersten Moment an. Jonas war langweilig und prüde und schwierig und anstrengend und furchtbar korrekt und das Gegenteil von locker, aber er war das einzige Zuhause, das ich hatte und der Einzige, dessen Stimme lauter war als jene, die mir sagte, dass ich trinken sollte, bis es dunkel wurde, und dass ich mich verirren sollte und dass ich alleine war und dass ich hier bleiben musste, weil niemand auf mich wartete. Und ich schlief auf dem Boden ein, mit Jonas' Stimme im Kopf, mit Räucherschwaden in der Nase, denn sie hatten alles verbrannt damals, aber Jonas hatten sie mir gelassen und solange er bleiben würde, solange er da wäre, hätte ich alles, was man überhaupt nur brauchen konnte und immer noch mehr, als in einen Koffer oder in ein Herz passte.

4

»Ihr Name?«
   »Ich weiß nicht? Wo bin ich?«
   »Charité. Sie sind in der Charité. Wie ist Ihr Name? Können Sie sich erinnern, was passiert ist?«

Helles Licht. Vielleicht der Himmel. Aber da fragte niemand nach dem Namen. Und da wusste auch jeder, was passiert war. Das war das Problem.

»Leonhard. Leonhard Höller.«
   »Herr Höller, wir haben Sie gefunden. Jemand hat den Notarzt gerufen. Sie wurden schwer verletzt. Können Sie sich nicht daran erinnern, was mit Ihnen passiert ist?«

Das Zwinkern schmerzte. Der Arm schmerzte. Der Rücken. Die Beine. Alles. Ein Seufzen. Vielleicht meines, vielleicht das der Stimme, die jetzt mit jemand anderem sprach. Dann eine sanfte Berührung, dann Dunkelheit. Licht, Kälte, Dunkelheit, Licht, Wärme, Dunkelheit, Schmerzen, immer Schmerzen, wenn das Licht brannte.

»Herr Höller, hören Sie mich?«

Ich öffnete die Augen und bemerkte als Erstes, dass das Blinzeln nicht mehr schmerzte. Das war ein Fortschritt, vermutete ich. Ich wusste nicht, wie spät es war, denn es war weder hell noch dunkel. Die Künstlichkeit neonfarbener Röhrenbeleuchtung. Im Raum war es warm, das Atmen fiel leichter. Ich versuchte, mich aufzurichten – es klappte. Ein Kopf beugte sich über mich: graues Haar, markante Gesichtszüge, eine ältere Dame im weißen Kittel.

»Mein Name ist Angenheim, ich bin Ihre behandelnde Ärztin. Ich bin froh, dass Sie endlich wach sind. Wie geht es Ihnen?«

»Ich weiß nicht.«

»Hmhm«, sagte sie, und: »Verfolgen Sie doch bitte einmal mit den Augen das Licht.« Ich befolgte ihre Anweisung und sie nickte zufrieden.

»Herr Höller, Sie sagten vor ein paar Tagen …«

»Vor wie vielen Tagen?«, unterbrach ich sie.

»Sie sind seit vier Tagen bei uns. Jedenfalls: Sie sagten vor ein paar Tagen, dass Sie sich nicht erinnern können, was mit Ihnen passiert ist. Ist Ihre Erinnerung inzwischen zurückgekehrt?«

Ich schüttelte den Kopf.

Sie warf einen Blick zur Tür, an der eine Schwester stand und mit den Schultern zuckte.

»Nun, Herr Höller, es ist so: Als wir Sie gefunden haben, waren Sie übel zugerichtet. Man hat Ihnen die Schulter ausgekugelt, einige Rippen gebrochen, Ihre Niere hat etwas abbekommen und Sie haben eine schwere Gehirnerschütterung, die auch die Amnesie verursacht, wie wir vermuten. Weil Sie keine Papiere bei sich trugen, mussten wir die Polizei verständigen, die die Ermittlungen aufgenommen hat, und wir hatten Glück: Die junge Frau, die Sie gefunden und den Notarzt verständigt hat, hat ausgesagt, dass sie beobachtete, dass Sie überfallen und zusammengeschlagen worden sind. Somit wussten wir zumindest schon einmal, was passiert war. Außerdem wurden Sie augenscheinlich als vermisst gemeldet, und man hat Ihre Brieftasche am Tatort gefunden. Ein Polizist wartet draußen und wird mit Ihnen sprechen. Fühlen Sie sich dazu imstande?«

Einige Minuten später stand ein bärtiger Mann neben meinem Bett, nahm meine Personalien auf und verschwand eine halbe Stunde später wieder. Ich sagte ihm, dass ich mich nicht erinnern könne, was passiert sei, und dann schlief ich. Ich schlief und ich träumte und ich schwitzte und ich verlangte nach Schmerzmitteln und manchmal kam jemand und sah nach mir und dann war Hannah im Zimmer.

»Leonhard«, sagte sie und sonst nichts. Ich hatte die Augen geöffnet und sah ihre schlanke Gestalt, sah sie auf einem Stuhl am anderen Ende des Raums sitzend: Leonhard. Vielleicht, dachte ich, träume ich das alles. Vielleicht liege ich tot im Park, in dem ich Drogen kaufen wollte. Einmal noch weg sein, bevor ich weg bin, hatte ich gedacht. Einmal noch alles mitnehmen. Ein letztes Mal mit dem Kopf im Schnee nach der Sonne tauchen oder einen ähnlich kindischen Scheiß. Ich konnte so ein Idiot sein, ich konnte so ein lächerliches Kind sein. Ich wusste jetzt alles wieder. Ich war in den Park gegangen, zweihundert Euro in der Tasche und sicherer Gang, Kapuzenpulli und die Koffer zu Hause schon gepackt.

Ich hatte nicht lange suchen müssen, bis ich einen *von denen* gefunden hatte. Im Grunde musste man sie auch nicht suchen, man wurde gefunden, das heißt: angesprochen, dann wurde man mitgenommen, ein paar Meter weiter, *willst du was kaufen, was willst du kaufen, ich gebe dir ein Gramm für sechzig, nein, kein Scheiß, bist du ein Bulle oder was, nein, war nur ein Witz, siehst auch nicht aus wie einer, wie einer aussieht, fragst du? Na, nicht wie du, du siehst eher aus wie ein Student.* Das sagten sie immer: *Du siehst aus wie ein Student.* Für sie waren wir alle Studenten, reiche Jungs mit Krümeln an der Nase, mit Scheiße im Kopf und nervösen Händen, die sich jeden Mist andrehen ließen.

Ich kaufte zwei Gramm und dann traf mich etwas am Kopf und ich fiel auf den harten Parkboden und ich wusste sofort, dass das hier jetzt nicht gut ausgehen würde, dass das hier jetzt eine dieser Nummern werden würde, die wehtun wird. Ich wusste nicht, wer sie waren, aber sie waren weder seine noch meine Freunde, sie schlugen auf mich ein und auf ihn, sie schrieen ihn dabei an und ich verstand nicht, was sie sagten, und dann kam einer und trat mir in den Unterleib und ich erbrach mich, er lachte und dann trat mir jemand gegen den Kopf und es war vorbei. Alles Erinnerung, alles vorbei, alles passierte in vielleicht zehn Minuten, vielleicht auch nur in zwei. Und jetzt: »Leonhard«.

»Lass ihn«, sagte eine andere Stimme und ich erschrak. Das war nicht Hannah und das war auch keine Halluzination mehr, das war Jonas, und ich riss die Augen auf und da stand er und sah mich an.
»Jonas.«
Mit einem Satz stand er am Bett und dann stürzte er auf mich herab wie ein Greifvogel, still und schnell und blieb, wo er war, mit dem Gesicht an meiner schmerzenden Schulter, leise atmend, leise weinend, schweigend.

Nach einer Weile löste er sich von mir, und Hannah, die beinahe geräuschlos auf ihrem Stuhl verharrt war, kam dann ein paar Schritte auf uns zu und setzte sich zu Jonas auf das Bett.
»Ich weiß nicht, was ich sagen soll. Die Polizei hat Birgit angerufen. Sie ist verrückt vor Sorge gewesen. Und wir auch. Wir sind gleich hergefahren. Wie ist das bloß passiert, Leo?«, fragte Jonas.
»Ich weiß es nicht. Ich kann mich nicht erinnern.«
»Sie sagen, dass du schwer verletzt warst. Und dass sie dich noch eine Weile hierbehalten wollen.«
Ich nickte. Was sollte ich auch sonst tun? Ich betrachtete die beiden Menschen auf dem Bett und stellte mit Verwunderung fest, wie sehr sie sich verändert hatten. Jonas' Gesicht schien um Jahre gealtert und auch Hannah wirkte müde und mager. Jonas saß links von mir und Hannah rechts, beide starrten auf die Hände in ihrem Schoß, so, als hätten sie eine unangenehme Auseinandersetzung hinter sich.

Plötzlich richtete sich Hannah auf, streckte sich und erhob sich dann. »Ich gehe mal Kaffee holen, ja«, sagte sie und warf Jonas einen Blick zu, den ich nicht zu deuten wusste. Dann verließ sie eilig den Raum.

»Sie ist wütend, weißt du«, sagte Jonas.

»Warum?«

»Ich weiß es nicht. Sie ist einfach wütend. Seit Wochen. Seit Monaten. Ich habe keine Ahnung, warum. Oder worauf. Sie sagt, dass sie nicht auf mich wütend ist, und manchmal glaube ich ihr sogar. Ich weiß nicht, was ihr fehlt. Ich weiß nicht, was sie hat, Leonhard. Ich habe wirklich keinen blassen Schimmer.«

Er rieb sich die Augen und sah mich müde an.

»Ich habe dich vermisst.«

»Ich dich auch. Ich … hör mal … es tut mir leid, dass ich mich nie gemeldet habe. Ich wollte mich melden, wirklich. Ich habe nur etwas Zeit für mich gebraucht. Und eigentlich wollte ich längst zurück sein. Das hier ist nur … dazwischengekommen.«

Jonas nickte. »Darf ich?«, fragte er, wartete die Antwort jedoch nicht ab, ging durch den Raum, löste die Sperre des leerstehenden zweiten Bettes, schob es an meines und legte sich hinein.

»Wir bleiben so lange hier, bis du wieder in Ordnung bist.«

»Ich weiß gar nicht, was ich das ganze Jahr hier getan habe. Ich glaube, ich habe ziemlichen Mist gemacht, Jonas.«

»Was meinst du damit?«

»Ich glaube, dass ich völlig umsonst hier war.«

»Ich habe sowieso nicht verstanden, was du hier wolltest.

Birgit meinte, dass dir das gut tun würde nach den Prüfungen. Aber ich hatte die ganze Zeit das Gefühl, dass du nur vor irgendetwas wegrennst. Ich wusste nur nicht, vor was.«

Ich konnte Jonas' Shampoo jetzt riechen und sein Aftershave, das er seit zehn Jahren benutzte. Ich roch, dass er geschwitzt hatte und dass er müde war und hungrig. Und ich roch Hannah an ihm und das erfüllte mich mit Neid und Stolz, mit einem leisen Lächeln und einer kleinen Wut. Ich empfand Eifersucht und wusste nicht, auf wen. Jonas atmete leise und schien auf eine Antwort zu warten.

»Ich weiß nicht, ob ich vor etwas weggelaufen bin. Die Menschen wollen immer, dass man für alles eine Erklärung hat. Ständig muss alles einen Sinn ergeben. Vielleicht wollte ich auch einfach mal raus. Vielleicht war das auch schon alles. Es hat jedenfalls nicht funktioniert. Ich bin ziemlich durchgedreht hier und das Ende kennen wir ja jetzt.« Ich schloss die Augen und spürte die Erschöpfung der letzten Monate, der letzten Tage und Nächte.

Gerade, als ich im Begriff war, einzuschlafen, wurde die Tür leise geöffnet und Hannah kam herein. Ich drehte den Kopf und sah, dass sie bei unserem Anblick lächelte, die Kaffeebecher behutsam auf meinem Nachttisch abstellte und sich die Schuhe von den Füßen streifte. Sie schien einen Moment zu überlegen, kletterte dann aber einfach in den schmalen Raum, der zwischen Jonas und mir freigeblieben war.

»Ich passe genau zwischen euch«, sagte sie.
Wir lagen zu dritt in den engen Krankenhausbetten und hörten eine Weile den Geräuschen auf dem Gang zu, den

Schwestern, die sich etwas zuriefen, Besuchern, die miteinander sprachen. Ich hörte den Sommer vor den Fenstern, die Vögel im Park und das Rauschen der alten Eichen. Ich hörte den Atem von Jonas und den von Hannah, den Herzschlag von uns dreien. Ich hörte die Stille, das Vergessen, die Erinnerung, das Schließen einer Tür, das Öffnen eines Fensters, die Ewigkeit eines Sommernachmittags in Berlin, liegend zwischen zweien, ein Pakt zwischen dreien.

»Ich passe genau zwischen euch«, hatte sie gesagt und mich dabei angesehen.

Morgen ist es vorbei

I.

Man kann nicht »nichts« fühlen. Das ist einfach unmöglich.

Man kann sich das Fühlen verbieten und man kann sich das Darandenken verbieten und man kann die Träume wegtrinken und das Zittern und das Pochen, man kann sich die Wunde verbinden und man kann damit herumlaufen und sagen: Das ist kein Verband, das ist bloß ein kleiner Schutz, ein bisschen Watte, ein bisschen Mull, aber darunter ist gar nichts, alles ist in Ordnung.

Man kann zu seiner Arbeit gehen und freundlich lächeln und den Computer hochfahren und die E-Mails ansehen, und man kann die E-Mails bearbeiten und beantworten, man kann einen Witz machen, den Status aktualisieren, man kann seine Aufgaben erledigen und dabei ziemlich okay aussehen.

Man kann mit den Kollegen essen und man kann Scherze machen und man kann daran glauben, dass alles gut wird oder zumindest nicht schlimmer, das kann man sich sagen, auf der Toilette, schweißgebadet, den Kopf an den Fliesen, es ist alles okay, es ist alles okay.

Man kann freiwillig Überstunden machen, um nicht mit sich alleine zu sein, man kann die Kopfschmerzen ignorieren und den Drang, zu schreien, aufzustehen und zu schreien, dass es so nicht weitergeht, dass das doch nicht auszuhalten ist, so ein Leben in einem Dazwischen, das will doch keiner, eingequetscht sein zwischen Erinnerung und Wahnsinn, zwischen den Kaffeeflecken auf dem Hartplastikschreibtisch und der Ablage, mit der man so umgeht, wie mit sich selber: reinstopfen, knicken, vergessen.

–

Mittlerweile ist wieder Winter. Mittlerweile geht das Mädchen noch immer jeden Abend zum Briefkasten, mit zitternden Fingern, und wo ist er denn jetzt wieder, dieser verdammte Schlüssel, dieses verdammte Leben, in dem nie irgendwas an der Stelle ist, an der es sein sollte. Mittlerweile hat sie aufgehört. Mit dem Suchen und mit den Schlüsseln für winzige Schlösser und mit dem Hoffen, mit diesem Hoffen auf – Der Schlüssel fällt ihr auf den Boden, sie bückt sich danach, stößt sich den Kopf, diese verdammten Schlüssel, dieser verdammte Montag, Monat, morgen ist es bestimmt schon besser, mein Mädchen, morgen ist es bestimmt vorbei.

Im Briefkasten: Prospekte (Kosmetik, Kleidung, Autoversicherung – woher kommt das bloß alles, wer hat das bestellt, fragt sich das Mädchen, das sich weder für Kosmetik, noch für Kleidung interessiert, und ein Auto besitzt sie auch nicht, herrje –, die Bank, die Deutsche Bahn).

Sie zerrt das ganze Papier und Plastik aus dem winzigen Kasten, seufzt, schließt das kleine Türchen, geht die letzten Stufen hinauf in ihre Wohnung, wieder Schlüssel, wieder Schloss, wieder schließen, Tasche von den Schultern zerren, Jacke auf die Kleiderstange werfen, drei Schritte in ihr Zimmer, Tür zu, endlich die letzte Tür zu, und dann den Packen Papier auf die Fensterbank werfen und dann Augen zu, Licht aus, der Kopf summt leise weiter, willkommen in deinem Leben, Mädchen, willkommen.

–

Man kann so lange sitzen bleiben, bis alle gegangen sind. Man kann dort sitzen und Analysen schreiben und zum hundertsten Mal das gleiche Dokument prüfen, obschon man längst weiß, dass alles korrekt ist, so korrekt, wie es eben sein kann, heute findet man keinen Fehler mehr, die Augen sind schon zu gewöhnt an die Zahlen, das Gehirn träge, zu wenig Zucker, zu wenig Schlaf, zu viel Schnaps, zu viel Kaffee, zu wach, um zu gehen, zu müde, um konzentriert zu sein.

Man kann dort noch eine sehr lange Weile sitzen, und die Schreibtischlampen der Kollegen werden ausgeknipst, bis morgen, tschüss, bis nächste Woche. Du kannst dann nicken und etwas murmeln und schwitzen und Angst haben und denken: Ich bin schon wieder die Letzte hier, irgendwann werden sie denken, dass ich vielleicht zu langsam bin oder zu unkonzentriert, irgendwann wird alles rauskommen. Auch wenn du gar nicht weißt, was da schon rauskommen soll und was »alles« überhaupt bedeutet, und auch, wenn du dir sicher bist, dass sich niemand um dich schert. Deine Personalnummer hat sechs Stellen, wer soll sich schon scheren, wer denn außer dir.

Du kannst dort also sitzen und dann kann es passieren, dass der Kollege H. aus der Abteilung am anderen Ende des Ganges links und dann rechts und dann noch mal die Treppe runter, dass dieser Kollege vor dir steht und fragt: Was tust du noch hier? Es ist gleich sieben. Bier? Und es kann sein, dass du dann sagst: Ja, warum nicht, es ist doch ohnehin schon fast sieben. Dann seufzt du ein Lächeln und dann stehst du auf, knipst das Licht aus und gehst mit dem Kollegen H. Gang runter, links, rechts, Treppe, erstes Büro auf der rechten Seite, Tür auf, Tür schließen.

–

Das Mädchen liegt auf ihrem Bett. Nicht im Bett. Das ist wichtig, denn das Mädchen darf noch nicht schlafen. Das ist verboten. Vor zehn wird die Decke nicht hochgehoben, der Körper nicht unter zwei Daunenlagen vergraben, denn was wäre das denn für ein Leben, wenn das Mädchen bloß aufsteht, sich anzieht, sich zurechtmacht, aus dem Haus geht, Kaffee an der Ecke, in den Bus, aus dem Bus, in die U-Bahn, einmal rechts, dann geradeaus, durch die Drehtür, dann wieder links, rechts, Tür auf, zehn Stunden Computer, eine Stunde essen, den Weg zurück, U-Bahn, Bus, Supermarkt, Briefkasten, ausziehen, schlafen. So ein Leben will man doch nicht. Dazwischen müssen doch alle die Dinge liegen, die die anderen Menschen so machen und von denen sie dem Mädchen erzählen, wenn sie in eines dieser sozialen

Netzwerke geht. Da haben doch alle ein Leben, in dem sie Dinge erleben, und warum denkt eigentlich nur das Mädchen, dass erleben sich wie ertragen anfühlt und ausleben wie aushalten, und ist es dann nicht wieder mal Zeit für die Tabletten, ist das nicht immer ein schrecklich schmaler Grad.

Das Mädchen atmet schnell, das Herz rast, es ist schon wieder November und immer im November wird es schwieriger: das mit dem Luftholen und das mit dem Aushalten. Dann muss das Mädchen sehr viel liegen und sehr viel atmen und sich sehr anstrengen, nicht damit aufzuhören, denn sie ist sich nicht sicher, was passieren würde, wenn sie aufhört damit, wenn sie sich nicht mehr auf das Atmen konzentriert.

Das doppelt isolierte Fenster sperrt den Verkehr nicht aus. Das störte das Mädchen am Anfang nicht. Später nahm sie die Lautstärke der Ringstraße zwar wahr, empfand aber eine Art Ruhe bei dem Wissen, dass egal, wie alleine sie sich fühlte, die Geräusche immerzu und zu jeder Tages- und Nachtzeit das Gegenteil bewiesen. Noch später begannen die Schlafstörungen. Jetzt wohnt sie bereits seit vier Jahren in der kleinen, alten Wohnung, und nun erträgt sie die Straße einfach nicht mehr. Sie liegt wach, sie starrt die Decke an, jede Einzelheit ist zu erkennen, die Risse im Stuck, die Staubweben, die Spinne, die entweder tot ist oder beschlossen hat, sich schon sehr lange nicht mehr zu bewegen, und die Fenster, an die der Regen prasselt. Die Straßenlaternen erleuchten das Zimmer, die Autos quälen den Kopf des Mädchens, quellen in das Bewusstsein und beschleunigen ihren Herzschlag noch mehr, und dabei denkt das Mädchen: Ich will doch nur endlich Ruhe. Alles, was ich will, ist meine Ruhe.

Das ist ja lächerlich, denkt das Mädchen, dass ich so etwas denke. Niemals ist »Ruhe« alles, was ich will. Ich will noch so viel mehr. Ich will Ruhe, und ich will schlafen können und so lange schlafen dürfen, wie ich will, und ich will nicht warten und nicht wissen, worauf, und ich will nicht an Wände starren und auf Bildschirme, ich will die Augen zumachen und ich will, dass nicht schon wieder Herbst ist, und ich will alles vergessen, ich will eine Amöbe sein, am besten gar kein Körper mehr, ich will aufhören, so selbstmitleidig zu sein, das ist ja ekelhaft, ich will nicht mehr ekelhaft sein, ich will Ruhe, alles, was ich will, ist Ruhe.

II.

Du gehst in den Raum hinein und da sind schon Kollegen und sie lachen und freuen sich, dich zu sehen, und du denkst: Jemand freut sich, mich zu sehen. Wie erstaunlich. Du lachst zurück und meinst das sogar ernst. Vergessen der Schreibtisch, die sechsstellige Nummer, du gehst jetzt zum Kühlschrank und holst dir ein Bier, du stellst dich zu einer Gruppe von fünf Menschen, von denen du die meisten kennst, du sagst: Auf euch!, und grinst schelmisch, das hast du geübt, das kannst du besser als jeder: verwegen grinsen und mit deinen Augen Versprechungen machen, von denen du willst, dass alle anderen sie halten, bloß du nicht, bloß du nicht.

Du fragst H.: Warum ist es so voll heute hier? H. antwortet: Wir feiern einen Abschied.

Du weißt, dass in diesem Bereich des Gebäudes donnerstags immer eine kleine Party veranstaltet wird, du hast davon gehört und warst auch schon einmal hier, danach verließ dich die Freude daran, aber Moment, das ist die falsche Reihenfolge: Erst verließ dich das Hoffen, dann verließ dich die Lust am Trinken, dann gingst du nicht mehr aus, dann begann die Atemnot.

»Wer geht denn und warum?«, fragst du und siehst dich im Raum um. Fast jedes Gesicht kommt dir bekannt vor, aber die Tür zum Raucherbalkon öffnet sich in dem Moment, in dem du einen flüchtigen Blick dorthin wirfst, und herein kommt aus der Novemberkälte ein Gesicht, das du noch nie gesehen hast, und das Gesicht lächelt, und du schaust weg und drehst dich zu H., der deinem Blick gefolgt ist und laut sagt: »Er.«

–

Das Mädchen macht eigentlich immer alles sehr richtig. Und »richtig« heißt alles, was sich als Gegenteil von »falsch« erwiesen hat. Darüber führt das Mädchen keine Listen – auch, wenn das schön klänge –, aber im Kopf hat es sich notiert: Du darfst nicht zu viel trinken, du darfst nicht zu sehr begehren, du musst vor Sonnenaufgang in deinem Bett sein, du musst vor Sonnenaufgang alleine in deinem Bett sein, du darfst nicht scheitern, du darfst nicht lockerlassen, du musst jetzt... Und so weiter. Die Liste ist sehr lang, manchmal vergisst das Mädchen die Hälfte oder tut nur so, aber meistens weiß sie das ganz schnell, denn dann fängt das Brennen wieder an, der Juckreiz in der Brust, gegen den kein Kratzen hilft und nicht mal der Schnaps.

–

Du stehst da und denkst dir: Ach, na gut, dann trinke ich jetzt auch, wer soll das schon sein, was hat der denn hier überhaupt zu suchen, soll er doch verschwinden, soll er doch mit seinen Locken und diesem Blick, also, soll er doch machen, was er will. Du setzt dich zu Kollegen, du trinkst dein Bier und sagst dir, du hältst das jetzt aus, ganz das große Mädchen, ganz die erwachsene Dame. Reiß dich zusammen und reib dich nicht auf, dir ist doch alles egal, das hast du doch beschlossen, gefühlt wird im Fernsehen und bei Tierbaby-Videos, gefühlt wird nicht mehr in dir, da wird gearbeitet und gelacht, zack, zack.

Dein Blick trifft sich manchmal mit dem Blick von »Ihm«, du hältst ihn sogar einen Moment, das hast du lange nicht gemacht. Natürlich stehst du irgendwann neben ihm und machst einen Witz, du kannst es ja nicht lassen, du kannst ja nicht einmal mal »nicht«. Du siehst da etwas an seinen Schultern, das du vermisst hast, etwas, das besser trägt als das, was du hinter dir herziehst, du lehnst dich jetzt an, wie viel hast du schon getrunken, komm, schenk noch nach, es ist viertel nach elf, dir ist jetzt sowieso alles egal.

Es ist jetzt viertel nach zwölf und ihr steht alleine im Gang.

Es ist jetzt Viertel nach eins und ihr steht in deiner Wohnung.

Es ist jetzt drei und du schläfst neben ihm ein, Stakkatoherzschlag und ein dummes Grinsen im Gesicht, ach Mädchen, wieso kannst du nicht einmal einfach mal »nicht«.

–

Ihr schreibt euch jetzt jeden Tag und findet das schön, du denkst nicht an die Antworten, die er dir gab, als es sich lohnte, zuzuhören. Er spricht von einem Jahr, zumindest von einer langen Zeit, er verlässt nicht nur die Firma, sondern gleich das Land, den Kontinent und dich, dich verlässt er irgendwie auch, und du hängst schon an ihm, obwohl du ihn kaum kennst, aber da sind:

Seine Haare und seine Augen,
    sein heimliches Grinsen und der Geruch seines Nackens,
    dass er seinen Kopf auf deine Brust zum Schlafen gelegt hat,
    als wäre es schon immer so,
    die Stille seiner Gesten,
    die dir erlaubt zu denken, was du willst.

Nur fühlen, fühlen solltest du besser nicht, denn er geht in zwei Wochen, und du, du willst alles, du machst alles, nur ausgerechnet in diesem Fall »nichts« fühlen, das kannst du nicht.

Du wehrst dich und hast jetzt ein paar Tage frei, du willst nicht denken und willst auch nicht das Gegenteil, du willst zurück zu dem »man«, das einfach funktioniert, das Alaska ist und Wut und Runterschlucken, du willst dich nicht verliebt haben und trotzdem etwas fühlen, du willst nicht mal Dinge aussprechen, die mit »ühlen« zu tun haben, diese ganzen ühle haben dich nur hässlich gemacht und alt und müde. Du rufst ihn an und fragst, ob ihr euch seht, er sagt ja und du weißt, dass das so enden wird, wie du es schon kennst, du bist ein alter Hase im ühlen-Geschäft.

–

Es gibt keinen Abschied, denn du willst keinen. Du sagst nicht: Auf Wiedersehen, bis in einem Jahr. Du sagst: Schreib mir nicht, ruf mich nicht an, du kannst mich mal.

III.

Du stehst vor dem Briefkasten und das Mädchen schreit: Lass es sein, lass es sein. Aber du kannst ja nicht nicht. Du musst ja aufschließen, die Post herausnehmen wie jeden Abend, selbst an den Sonntagen schließt du auf, einfach, weil das zu dir gehört. Und dieses Mal ist nur eine Postkarte darin. Du schmeißt das kleine Türchen wieder zu, du machst es noch einmal auf, jetzt sei nicht so dramatisch, meine Güte, jetzt sei nicht so ein Kind. Das Mädchen sagt: Komm schon, geh einfach, vergiss das mit der Karte und vergiss das mit dem Kasten, lass uns raufgehen und lass uns das lassen.

–

»Ich schreibe dir«, hat er trotzdem gesagt, und du hast stumm den Kopf geschüttelt und bist dann doch eingeknickt, seine Haare auf deinem Gesicht: »Schreib mir eine einzige Postkarte«, hast du gesagt und versucht, ihn anzusehen.

»Ja.«

»Schreib sie mir in dem Moment, der dir dort am meisten Angst macht. Ausschließlich dann. Keine andere. Versprich es.«

—

Das Mädchen hat verloren. Hat sich in tausend Nächten und tausend Straßen und tausend Schlucken verloren. Es sticht? Schlucken. Es brennt? Schlucken. Es ist kaum auszuhalten: RUNTERSCHLUCKEN. Das Mädchen hat dafür alles aus sich herausgerufen. Alle Worte, alle Sätze, alles, alles, alles. Jeden romantischen Gedanken, jede verdammte Hoffnung, jeden beschissenen Moment auf Tanzflächen, in Bars, an Tresen und in fremden Betten, jede Möglichkeit und jede Rettung, fickt euch, hat es dabei gerufen, fickt euch und eure aufgerissenen Augen und eure Arme und eure tauben Münder, die tumben Blicke, das ganze Einerlei. Fickt euch mit euren dämlichen Versprechungen und Geheimnissen, mit euren Worten von morgen, obschon ihr nicht mal jetzt, jetzt, jetzt in diesem Moment bei mir seid. Das Mädchen hat sich dann am Lachen verschluckt und an dem ganzen Geschrei. Meistens stand sie allein unter irgendeiner Straßenlaterne morgens um vier. Allein stand sie da und mit einem Mal ganz still, hat bloß ein bisschen gezittert und sich gewünscht, sie wäre gerade überall, nur nicht hier.

Das Mädchen hat sich fremde Körper gesucht, die den Mädchenkörper warmhalten. Hat nach Mündern gegriffen und nach Brustkörben, hat sich an Bärten gekratzt und sich schön gemacht, hat darüber geschwiegen und darüber gesprochen, hat keinem gesagt, was das nun war, dieser Junge mit den Locken und den dunklen Augen, der so schnell wieder fort war, als könnte man nichts von ihm wissen, als müsste man an ihn glauben – oder eben nicht.

IV.

Du kannst nicht »nichts« fühlen. Das ist einfach unmöglich. Du kannst dir das Fühlen verbieten und du kannst dir das Darandenken verbieten und du kannst die Träume wegtrinken und das Zittern und das Pochen, du kannst dir die Wunde verbinden und du kannst damit herumlaufen und sagen: Das ist kein Verband, das ist bloß ein kleiner Schutz, ein bisschen Watte, ein bisschen Mull, aber darunter ist gar nichts, alles ist in Ordnung.

Du liest die Postkarte noch im Treppenhaus. Du wusstest, dass er sie schreiben würde, nur nicht, wann. Eigentlich wusstest du gar nichts, außer dass irgendwann für dich reicht. Du liest die Karte siebenmal, du zitterst und du frierst, und der Schweiß klebt dir die Haare an Wange und an Ohren, du liest immer wieder, immer wieder, immer noch mal:

Die meiste Angst habe ich, seit ich weiß, dass ich bald zurückfliegen werde und dass es nichts hilft, warten zu wollen, bis der Moment vorbei ist. Denn mein Flug geht morgen.

Drei Stufen auf einmal, draußen, Luft, kalt, atmen. Einatmen und bis sechs zählen. Luft anhalten und bis neun zählen. Ausatmen und bis zwölf zählen. Das alles dreimal. Mit Zahlen kennst du dich schließlich aus, auf Zahlen konntest du dich schon immer verlassen.

–

Und morgen, denkst du, morgen ist es vorbei. Und morgen, weißt du, morgen ist »nichts« vorbei.

Dank

Ich danke meinem großartigen Verleger Georg Reuchlein. Für den Glauben an mich, dafür, dass dieses Buch das geworden ist, was es sein wollte, für Verständnis, Geduld und so viel Vertrauen. Ebenso danke ich dem gesamten Luchterhand Verlag, insbesondere meiner Lektorin Susanne Krones sowie meiner Agentur Landwehr & CIE und meinem Agenten Marko Jacob.

Ich danke Simone Rebmann, Lisa Giertz, Henrik Schimkus, Julia Benz, Kim Reimers, Lana Melcher, Max Scharff, Sarah Friedrichsen, Nathalie Strenge und Jenny Vortkamp für all die Nächte, Tage und Gespräche, für Bordsteinbier und Taschentücher, für Tanzen bis morgens um sieben, für Trost und Halt und Liebe und Wahrheit. Ihr alle seid die beste Liebe meines Lebens.

Ich danke den folgenden Bars, Clubs und Orten für die Beherbergung meines gebrochenen Herzens in all diesen Nächten, in all dieser Zeit: danke *Mutter*, *Pudel*, *Austerbar*, *Toastbar*, *Thier*, *Yoko Mono* und danke Corner und dem Bordstein dort, danke *Barbarabar* und danke *Molotow*, danke Hafen, Isekanal, danke Steg und Weiher-Park, danke Hamburg, du wildes Wesen, du Zuhause und Heimathafen.

Ich danke außerdem ganz besonders Birgit Haucke-Sieg und Irinia Leichsenring dafür, dass sie mir das Leben gerettet haben (und das eventuell gar nicht wissen).

Schlussendlich danke ich all jenen Menschen, die in den letzten zwei Jahren meinen Weg gekreuzt haben. Manche von ihnen sind zwischendurch in ein anderes Leben, ein anderes Land, manche sogar auf einen anderen Kontinent gegangen. Aber ihr alle, wenn auch nicht namentlich erwähnt, habt eure Geschichten, eure Gedanken und Worte mit mir geteilt. Einigen von euch danke ich für nichts außer das. Den wenigen anderen jedoch für die Liebe, die Zeit und die Momente, in denen wir wilde Wesen waren.